# 고래눈이 내리다

# 고래눈이 내리다

김보영 소설집

래빗홀
RABBIT HOLE

차례

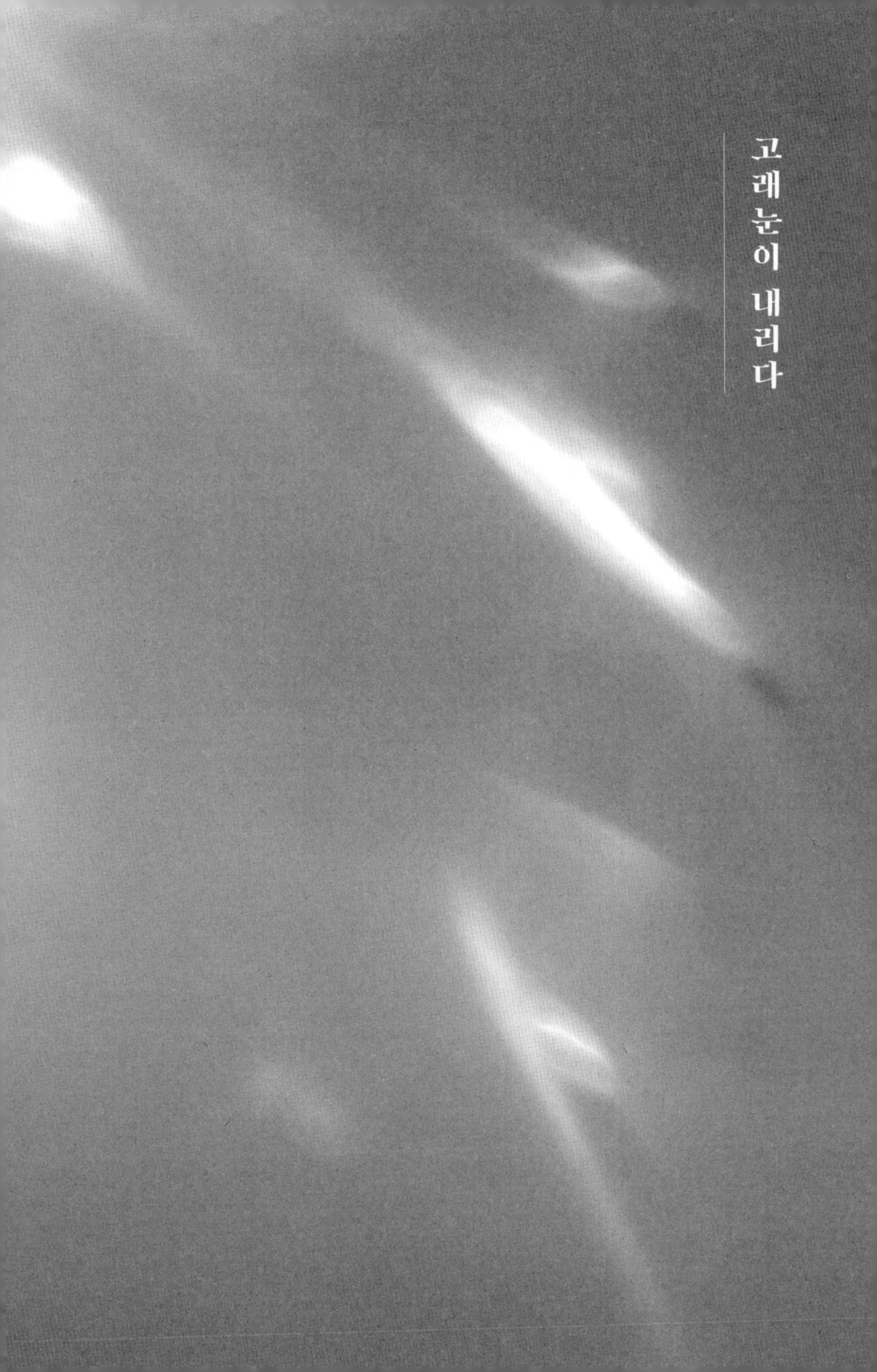

# 고래눈이 내리다

눈발이 짙어지자 나는 고래가 죽었나 보다 생각했다.

고래가 죽으면 눈발이 짙어진다. 고래의 죽음은 이 어둡고 춥고 적막한 마을에 내리는 생명의 찬가다. 나는 기쁨에 파르르 떨며 콧잔등에 매달린 발광포에서 짙은 초록빛을 뿌렸다. 그러고는 굳은 아가미를 쭈욱 펴며 짙은 눈보라 사이를 부유했다.

「고래는 아니야. 텁텁해.」

반려가 생각을 전했다.

반려는 요새 지능이 급격히 떨어졌다. 나와 결합한 이후로는 입이 빨판으로 변하고 눈과 뇌 일부도 녹아내려, 말도 못하고 간혹 생각의 파편만을 전할 뿐이다. 혈액마저도 나와 같이 순환하는 지금, 반려는 내 몸에 달려 덜렁거리는 하나의 기관에 불과하다. 몸과 마음이 하나가 된 삶, 늘 꿈꿔왔던 사랑의 결실이건만, 때로 나는 이 결혼 생활이 우리가 사랑했던 흔적에 불과하다는 생각을 하곤 한다.

「내 사랑, 고래는 아닌 것 같아…….」

고래는 물에 퉁퉁 불고 윗동네 물고기들에게 너덜너덜 뜯기면서도, 그 오동통하고 야들야들한 살집이며 쫄깃쫄깃한 지느러미와 뜨끈뜨끈한 피며, 보들보들한 눈알과 쌉싸름한 아가미를 이 심해까지 다 갖고 내려온다. 몇 달은 마을 전체의 풍요로운 양식이 될 뿐 아니라, 살이 다 발라진 뒤에도 좀비 벌레들이 그 두툼한 뼈에 달라붙어 지방을 빨아 먹으며 자라나 번식하여 새로이 우리의 식량이 된다.

「내 사랑, 한시도 멈추지 않고 떠드는 내 수다쟁이, 고래는 아니라니까…….」

반려의 생각을 귓등으로 흘리며 나는 신의 계곡으로 헤엄쳐갔다. 신의 계곡은 몇 해 전 해저화산이 터지며 생겨났다. 뜨듯하게 끓는 열수구에서 관벌레와 게와 새우가 산호처럼 피어났다. 그들은 짧은 풍요 속에서 찬란한 문화를 꽃피우고는 화산이 식으며 함께 고요히 종말을 맞이했다. 아직 온기가 남아 있어 지내기 좋은 곳일 뿐만 아니라, 남은 주검과 그 주검을 먹는 벌레들이 계속 양식을 제공하는 곳이라 우리가 여기를 중심으로 새 마을을 꾸렸다.

계곡에 이르니 친구들이 한데 모여 기쁨의 춤사위를 나누고 있었다. 평상시 우리는 거리를 두고 지낸다. 먹을 것이 부족한 가난한 동네에서 서로의 입에 들어가는 것을 빼앗지 않으려면 어쩔 도리가 없다. 움직이는 일도 체력의 낭비라, 우리의 일상이란 해류에 몸을 맡기며 떠다니다 콧잔등에서 반짝이는 발광포를 먹을 것인 줄 알고 온 작고 굶주린 것들을 입을 벌려 삼키는 것이 전부다. 하지만 이처럼 눈보라가 몰아치는 날이면 우리도 한데 모여 축제를 벌이지 않을 수 없다.

큰니고기312가 반려 둘을 달랑거리며 다가왔다. 큰니의 반려 중 하나는 아직 뇌가 남아 있어 대화를 나누지만 다른 하나는 얼굴이 몸에 완전히 파묻힌 뒤로는 정자만을 생산할 뿐이다.

"나무수염아귀1029, 내 반려 말이 고래는 아니라더군."

큰니는 크고 툭 불거진 눈을 뒤룩이며 위턱과 아래턱을 감싼 길고 날카롭고 무수한 이빨을 따닥였다. 우리 모두가 어둠 속에서도 앞을 볼 수 있는 큰 눈과, 한번 입안에 들어온 먹이를 놓치지 않도록 덫이나 다름없는 날 선 이빨을 갖고 있지만, 큰니의 이는 과한 편이다. 어찌나 크게 자라는지 나이가 들면 제 이에 찔려 입을 움직이기도 어렵다.

나는 발광포를 반짝이며 말했다.

"내 반려도 그러더군. 하긴, 고래라면 슬슬 몸이 보일 때가 되었지."

"기다려보자. 저녁이면 탐험가들이 소식을 가져오겠지."

우리가 말하는 '탐험가'는 샛비늘치다. 그들은 이 심해에서부터 저 '수면'이라는 사상의 수평선까지 매일 목숨을 걸고 순회하는 용맹한 가문 중 하나다. 수면은 온갖 이름 모를 괴물이 출몰하는 곳이다. 하지만 샛비늘치들은 매일 젊은이들의 귀한 목숨을 희생하면서도 순회를 멈추지 않는다. 수면에서 먹는 음식의 맛은 심해와 비할 바가 아니며, 무엇보다도 수면 위로 뛰어올랐을 때 접하는 황홀한 풍경은, 한 번이라도 보면 다시 가지 않고는 못 배긴다는 것이다. 그 너머는 새하얗고, 찬연하고, 심해의 모든 빛을 합한 것보다 밝고 영롱하다고 한다. 큰니는 산소 부족과 낮은 수압이 가져오는 환각이라고 비웃지만…….

더 못 믿을 이야기는 그 '수면 너머'의 너머에 '구름 너머'라는 또 다른 사상의 수평선이 있고, 그 너머는 또 이 심해처럼 춥고 적막하고 어두운 세계라는 가설인데……. 거기까지 가면 내 머리로는 가늠이 가지 않는다.

"바람이 멈추지 않아."

저 아래에서 음침한 빛이 반짝였다. 털아귀042다. 태어난 이래 모래 바닥에서 한 번도 움직여본 적이 없는 친구다. 털아귀의 몸에는 제 몸뚱이의 열 배나 긴 아름답고 부드러운 털이 수십 가닥은 뻗어 있다. 성감대처럼 예민한 털은 해류의 미묘한 방향 변화와 기온 변화를 탐미하듯 잡아낸다. 한창때 털아귀는 대양 전체의 움직임도 감지했다고 한다. 하지만 요새는 살짝 노망이 났는지 이상한 말만 한다.

"바람은 원래 멈추지 않잖니, 친구야."

큰니가 부드럽게 대꾸해주었다. 우리가 아는바, 수면 위도 물살처럼 흐른다. 북에서 남으로, 남에서 북으로, 찬 곳에서 더운 곳으로, 더운 곳에서 찬 곳으로. 그것이 바람이다.

"바람이 멈추지 않아. 세상 끝에서부터 끝까지 계속 불고 있어. 벌써 오래전에 멈췄어야 했는데……. 날이 더워서야. 바람이 더워서 미친 게지."

"털아귀는 정신이 이상해졌어."

큰니가 털아귀에게는 보이지 않도록 내게 몰래 빛을 뿌리며 속삭였다. 이 고요한 세계에서 우리는 보통 발광포가 내뿜는 빛의 모양과 반짝이는 간격으로 대화한다.

"그러니 힘들어도 조금씩은 움직이며 살라고 내가 전부터 그렇게 말했는데."

"바닥에 가라앉은 저 나쁜 것들 때문일 거야."

내가 말했다. 언제부터인가 이 마을에는 눈송이 외에도 다른 것이 쌓인다. 썩지 않는 것들, 좀비 벌레마저도 먹지 못하고 토해내는 것들. 영양도 없고 소화되지도 않고, 파도에 아무리 부서져도 작아지기만 할 뿐 없어지지 않는 것들. 어린아이들이 눈송이인 줄 알고 삼켰다가 토하지도 싸지도 못하고 배가 빵빵하게 터져 죽고 마는 것들이다. 지금은 아가들이 아예 저것들을 몸에 박은 채로 태어나기도 한다.

"가엾게도 나쁜 걸 너무 많이 먹은 거지."

털아귀는 전부터 이상한 말을 했다. 바다가 싱거워졌어(싱거워지다니?), 많아졌어, 무거워졌어, 더워졌어……. 아, 더워진 것만은 사실이다. 그것만큼은 우리도 느끼고 있으니. 어디에 선가는 수만 년이나 굳건했던 얼음 대륙마저 녹았다고 하니.

"눈이 여기만 내리는 게 아니라는구나, 얘들아."

관해파리 씨가 우리 사이를 지나치며 몸 전체에서 부드럽고 우아한 빛을 뿌리며 말했다.

관해파리 씨의 이름은 관해파리다. 적어도 우리가 헤엄치는 범위에 그 개체는 하나뿐이니까. 관해파리는 식물처럼 자신을 복제하여 자라나며 영원히 산다. 천 년을 살았는지 만 년을 살았는지 아는 물고기는 아무도 없다. 관해파리 씨의 몸집은 고래만큼이나 크다. 관해파리끼리는 고래와 마찬가지로 저주파로 대화한다. 그 낮은 목소리는 고래와 마찬가지로, 지구를 반 바퀴 돌며 대양 전역에 이른다. 그래서 관해파리 씨는 고래들처럼 이 대양에서 일어나는 일을 다 안다. 다른 점이 있다면 그분은 저 멀리뿐 아니라 아득한 옛날의 일까지도 다 안다는 점이다.

그리 오래 살아왔어도 남을 해칠 힘은 없는 분이라 누군가 작정하고 뜯어 먹으려 한다면 한순간에 생을 마감하겠지만, 심해 식구 누구도 관해파리 씨를 먹을 생각을 하지 않는다. 그건 대양의 역사를 뜯어 먹는 것과 마찬가지가 될 것이니. 이 세계의 기록을 뜯어 먹는 것과 마찬가지 일이 될 테니.

"우리 마을만 눈이 오는 게 아니구나. 저 옆 마을에도, 앞 마을에도, 뒷마을에도, 그 뒷마을에도, 저 멀고 먼 마을에도 똑같이 폭설이 온다는구나……."

"그러면 떼죽음이겠군요."

큰니가 반짝이며 말했다.

"적어도 가문 하나가 종말을 맞은 거로군요. 어쩌면 종 하나가. 그 잔해가 눈이 되어 내리고 있고."

문득 두어 달 전에 탐험가 샛비늘치들이 하던 이야기가 떠올랐다.

'……그래요, 다 죽었어요. 수백만이 한 무리로 살아가던 그 정어리네 말이에요. 아침마다 인사를 나누며 몇 해나 정이 들었는데……. 세상에 그 끔찍한 풍경이라니……. 요새 물이 점점 뜨거워지지 않았겠어요. 어심도 사나워지고, 병든 이도 많아지고. 원로 정어리가 몇 마리 죽은 것이 시작이었대요. 가까이서 본 정어리 말이 안에서부터 완전히 삶아져 있었대요. 무리의 방향 표지판 역할을 하던 원로들이었대요. 수행자 몇십 마리가 슬픔에 빠져 곧장 따라 죽었죠. 그 아이들과 가족들이 연이어서……. 슬픔이 전염병처럼, 해일처럼 가문을 휩쓸었고 며칠 사이에 일제히 다 죽었어요. 수백 년이나 이어온 그 훌륭한 가문이 며칠 만에……. 부패하는 악취로 일대에선 숨도 쉴 수 없었어요. 기생충이 창궐했다가 다시 그들마저도 떼죽음을 당했고…….'

나는 그 풍경을 새삼 떠올리며 몸을 부르르 떨었다. 삶이란 게 그렇지. 어떻게든 잘 참고 견디고 버티는 듯하다가도, 팽팽하게 당긴 끈처럼 한순간에 툭 끊어져 다 무너져버릴 때가 있지. 부디 그들이 물고기의 낙원에서 영생을 누리기를.

"이 심해에 내려올 때는 모두 같아."

나는 기도를 드렸다. 큰니가 빛을 죽이며 같이 몸을 숙였다.

"모두 같지."

"맹독이든, 병균이든, 슬픔이든, 아픔이든, 여기에서는 모두 같아. 모두가 아름다운 눈송이가 되지. 은혜로운 양식이자 생명의 기쁨이 되지."

"썩지 않는 것들만 빼고."

큰니가 요새 덧붙이곤 하는 떨떠름한 사족을 갖다 대었다.

"바람이 멈추지 않아."

털아귀가 저 아래에서 다시 눈에 안 띄게 반짝이며 중얼거렸다.

"하지만 대체 얼마나 큰 가문이 죽었기에 모든 마을에 눈이 오는 걸까?"

큰니가 털아귀를 무시하고 말했다.

"그 정도로 큰 종족은……."

관해파리 씨가 다시 우리들 앞을 지나며 말했다.

"내가 알기로는 하나밖에 없어……."

우리는 서로를 마주 보았다.

"설마, 인간?"

오래전부터 관해파리 씨가 말하던 종이다. 아득한 옛날 수면 너머에는 이 대양처럼 온갖 종류의 생물이 화사하게 번성했다고 한다. 하지만 그들은 지난 200여 년 사이에 거의 사라졌고 지금 저 위에는 인간이라는 기이한 종만이 닥다글닥다글 들끓고 있다고.

"썩지 않는 물질을 배설하는 그 괴물들 말이지?"

큰니가 이름을 떠올리는 것만으로도 치를 떨며 말했다.

그들은 먹을 수 없는 유독물을 매일 수천 톤씩 배설해 대양에 버린다. 심해는 그나마 피해가 적지만 조금만 윗동네로 가도 무시무시한 전염병이 연이어 창궐하고, 산호처럼 귀한 목숨들이 어처구니없이 사라진다. 소문에 의하면 날이 더워지는 것도 그들 때문이라고 한다. 믿기지 않는 말이지만 그들이 썩지 않는 것을 쌀 때 내뿜는 뭔가가 공기를 뜨끈뜨끈하게 한다고…….

사실 고백하자면, 내가 그 생물에 대해 알았을 때에 놀란 점은 완전히 엉뚱한 것이었다.

"암컷이 수컷보다 작고 약하다고요?"

나는 내 통통한 몸에 달라붙은 수컷을 달랑달랑 흔들며 물었다.

「내 사랑, 어지러워…….」

"그 생물은 수컷이 애를 낳나 보지요?"

이 심해에서 내가 만나는 모든 생물은 여자다. 당연하지. 아기를 낳지 않으려면 무엇 때문에 비대한 몸을 갖고 산단 말인가. 큰 몸집은 영양의 낭비일 뿐이다.

"뭐, 하긴, 성전환을 해버리면 그만일 테니."

나는 몇 년 전 알을 낳기로 결심하고 여자로 전환한 친구를 떠올렸다. 번식의 주체가 되고 일가족을 책임지는 것은 고난스러운 일이지만, 스스로 퇴화하여 반려의 장기 일부가 되느니 기왕에 태어난 삶, 한생 맨몸으로 부딪쳐 살아보겠노라고 했다.

"아, 사랑스러운 나무수염. 육상 생물들은 성전환도 잘 하지 않아, 적어도 대부분은."

나는 기겁을 했다.

“주변에 적당한 이성 짝이 늘 있는 게 아닐 텐데? 대체 어떻게 번식하는 거죠?”

“자연계는 신비로운 것이야, 나무수염. 통상의 상식은 통하지 않아.”

“인간의 떼죽음이라.”

큰니는 한층 더 짙어지는 눈발을 보며 아가미를 팔락였다.

“언젠가는 그런 때도 오리라 생각했지. 지상의 생물이 다 사라지고 나면 자기들이 만든 그 못 먹는 물질밖에는 남지 않을 테니까.”

“하지만 그것들은 뭐랄까, 흙 위에 살잖아?”

내가 콧잔등에서 대롱거리는 발광포를 갸웃하며 숙였다.

“떼죽음을 당했다 해도 여기까지 눈이 되어 내리지는 않을 텐데.”

“그러면 집단 자살일지도 몰라.”

큰니가 궁리했다.

“왜 그 하얀 털북숭이들에게 일어난 일 말이야. 기억하지?”

그것도 날이 더워서 일어난 일이었다. 수만 년이나 그 자리에 있었던 얼음의 땅이 다 녹아내렸다고 한다. 거기 살던 이들이 점점 좁아지는 땅에서 굶주리고 피골이 상접한 채 모여 있다가 어느 날 지도자를 따라 바다에 차례로 뛰어들었다. 고요한 결정이었다고 했다. 그때에도 오랫동안 심해에 눈이 내렸다.

그럴 때가 온다. 끈이 끊어질 때가. 아등바등도 인내도, 의지조차도 기력을 다할 때가.

"태풍이에요!"

샛비늘치들이었다. 탐사자들이 저 위에서 허겁지겁 돌아왔다. 멀리서 보면 그들은 거대한 하나의 물고기처럼 보이는데, 여러 면에서 실제로 그러하다.

"태풍이 불고 있어요(태풍이)(태풍이)(태풍이)."

제일 앞에서 무리를 인도하는 원로의 말에 뒤따르던 젊은 샛비늘치들이 단체로 꼬리를 흔들며 합창했다. 주변에서 춤추던 친구들도 모두 모여들었다.

"태풍은 늘 불잖아요."

내가 갸웃하며 물었다.

"아니에요(아니에요). 태풍이(태풍이) 이 대양 끝에서(끝에서) 저쪽 끝까지 불고 있어요(불고 있어요)."

"바람이 멈추지 않아."

샛비늘치의 말에 털아귀가 반짝이며 라임을 맞췄다.

"한 번도 본 적이 없는 태풍이에요. 마치 세상 전체가 분노한 큰 거인처럼 모든 것을 짓밟으며 걸어오는 듯했어요. 태풍이 너무 커서 저 구름 너머까지 머리가 솟아 있어요. 그 너머의 얼음장 같은 추위를 회오리치며 아래로 밀어 내리고 있어요. 이 심해 바닥보다도 더 차가운 바람이, 숨조차도 얼어버리는 추위가. 닿기만 해도 산 채로 얼어붙는 바람이. 지나는 자리마다 시체뿐이에요. 태풍이 죽은 것들을 다 휘감아 올려 바다에 들이부으며 이동하고 있어요. 죽음이 이 대양에서 저 대양으로 이동하는데 점점 커지기만 해요. 대륙을 휩쓸고 바다를 건너면서도 사라지지 않아요. 우리 물고기들은 어찌어찌 바닷속으로 피했지만 저 흙 위에 사는 것들은 아마도 다……."

"세상에."

관해파리 씨가 그제야 알겠다는 듯 저 아래에서 털을 살랑거리는 털아귀를 내려다보았다.

"바다가 너무 더워져서 증발이 멈추지 않는구나. 태풍이란 놈이 멈추려면 어딘가 바람을 식히고 진정시킬 차가운 바다가 있어야 하는데, 저 위에 이제 차가운 바다가 남아 있지 않아."

"세상의 끈이 끊어졌군요."

내가 말했다.

"하지만 세상도 오래 참고 견뎠어요. 의연하고도 인내심 있게."

큰니고기가 꼬리를 도리도리 흔들며 말을 이었다.

"저 위의 주민들에게는 안된 일이지만, 이제 세상이 조금은 좋아지려나요? 흙 위를 뒤덮은 괴물들이 지금 다 사라지고 나면, 썩지 않는 것을 먹고 죽는 아이들도, 그런 것에 목이 감겨 살이 짓물러가며 죽는 아이들도 사라지려나요?"

나는 몸을 숙였다.

"이 심해에 내려올 때는 모두 같아."

"모두 같아."

모두가 빛을 죽이며 몸을 숙였다. 나도, 큰니고기도, 관해파리 씨도, 샛비늘치들도, 다른 아귀들도, 저 아래에서 털아귀도 빛을 죽였다. 나와 큰니의 사랑스러운 반려들도 함께 기도했다.

"맹독이든, 병균이든, 슬픔이든, 아픔이든, 여기에서는 모두 같아. 모두가 아름다운 눈송이가 되지. 은혜로운 양식이자 생명의 기쁨이 되지. 이 아래에서는 모두가 다 같아지지."

그리고 고요했다. 눈발이 한층 짙어졌다.

# 저예산 프로젝트

허공에 시커먼 구멍이 나타났다.

정확히 말하면 사람 키만 한 검은 타원이 땅에서 한 뼘 정도 떨어진 위치에 떠올랐다. 텟장 하나로 만든 오브젝트지만 사람의 눈은 검은색을 '빛이 없다'고 보고 구멍으로 인식하니까. 흔한 기법이다.

잠시 후 와장창 깨지는 소리와 함께 구멍 안에서 사람이 데굴데굴 굴러 나왔다. 등에 화살통을 메고 허리에는 장검을 차고, 사극에서 보던 무사 복식 비스름한 옷을 입은 여자애였다. 남청색 옷은 지저분했고 이마와 뺨에는 생채기가 있었다. 분장이려니 싶었지만 흐릿해서 확인은 되지 않았다. 화면을 뿌옇게 하는 것도 흔한 기법이다. 세밀한 부분이 가려지니 그래픽이 어설퍼도 대충 넘어가게 된다.

나온 녀석은 굳이 한 번 더 데구루루 재주넘기하고는 숨을 헐떡이며 주위를 두리번거렸다.

"여…… 여긴 어디냐!"

'구미도서관 마당이다.'

나는 한 손에는 김이 모락모락 나는 어묵 국물이 담긴 종이컵을 들고 한 손에는 꼬치어묵을 든 채 우물거리며 생각했다. 분당구 아홉 개 도서관 중에는 소박한 도서관이며, 오리역과 미금역 사이 작은 녹지 한가운데에 자리하고 있지.

무사는 나를 보자마자 필요 이상으로 놀라더니 용수철처럼 뒤로 튀어 나가며 거칠게 칼을 뽑아 들었다. '챙' 하는 소리가 유난히도 쩡쩡해서 나는 사운드 이펙트 볼륨을 살짝 줄였다.

"너는 누구냐! 여긴 어디야!"

목소리 한번 쩌렁쩌렁하네. 이 친구 지금 몇 살일까. 10대 후반일까, 많이 봐줘야 20대 초반이다. 얼마에 고용했으려나. 게임 배우 지망생 하나 꼬셔서 밥 한 끼 사 주고 계약했을 가능성도 없잖아 있다.

"네 이노옴! 신라국 놈이냐? 사부님을 어디로 끌고 갔어? 말해!"

소녀 무사는 다시 기운차게 일갈하며 검을 높이 들고 내게 돌진하더니 코앞에서 불에 탄 재처럼 파스스 사라졌다. 무사가 사라진 방향에 있는 자전거 보관소를 바라보자니, 구미도 서관을 배경으로 새하얀 고딕체 자막이 올라갔다.

## 프롤로그

으슬으슬한 오후였다. 수능이 끝나 부쩍 추워진 데다 황량한 뒷산에서부터 칼바람이 불어대어 야외 게임 하기 좋은 날은 아니었다.

그래도 저쪽 정자에는 아까부터 주기적으로 중고딩 애들이 옹기종기 모여 주문을 외우고 변신 동작을 한 뒤 흩어지고 있었다. "심연이 어쩌구 사랑과 정의가 어쩌구!" 사실 좀 전에 선글라스 쓰고 팔뚝에 문신한 아저씨들이 떼로 오토바이를 몰고 와서는 "심연이 어쩌구!" 하며 우렁차게 기합을 날리면서 군무를 추고 갈 땐 제법 장관이었다. 이달에 출시한 인기 게임 〈마법 소녀 루루엘〉의 퀘스트 스폿이다. 저기서 새 코스튬을 얻을 수 있다.

퀘스트 장소에 새 건물이 서거나, 있던 건물이 사라지는 불상사를 막기 위해 게임 스폿은 보통 공공 기관에 만든다. 구청이나 시청 광장, 유적지나 도서관 같은 곳. 규제가 심했던 적도 있는데 요새는 지자체에서 관광객 유치나 지역 홍보 사업으로 장려하고 있어 게임 회사에서 장소 섭외하기가 어럽지는 않은 편이다.

'근데 질문을 했으면 답을 듣고 죽여야지 바로 죽이면 안 되지 않나?'

내가 어묵 국물을 호로록 마시며 생각하는 사이 '프롤로그' 글씨가 흩어지고, 저쪽 쓰레기통 근처에서 '시나리오 이세연'이라는 글자가 떠올랐다. 그리고 '이세연'을 박살 내며 아까의 그 무사가 다시 기세 좋게 굴러 나왔다. 열연이다.

아까와는 다르게 붉은 옷이었고 상처 위치도 달랐다. 그에 더해서…… 나는 새삼 경탄했다. 소녀는 나이가 들어 있었다. 어린애라 바로 알 수 있었다.

'이딴 게임에 배우를 여러 해에 걸쳐서 섭외를 하다니.'

아니면 오래 섭외한 김에 짠 시나리오일 수도 있다. 상황에 시나리오를 맞추는 건 이세연의 특기였으니. 굴러 나온 녀석은 주위를 휙휙 돌아보더니 소리를 높였다.

"여긴…… 그래, 기억이 나, 재작년 봄이었어. 그때도 이곳에 왔어. 여긴 어디지? 다른 세계인가?"

'보통 사람이 생각을 저렇게 큰 소리로 또박또박 말할까?' 하고 의문하는 차에 눈이 마주쳤다. 녀석은 기겁하며 소리쳤다.

"너……, 너! 그래, 기억나, 기억난다! 그때도 네가 여기 있었어. 넌 누구야?"

그와 함께 눈앞에 텍스트 창이 떠올랐다.

> 당신의 이름을 말해주세요 :

내가 이름을 말하니 무사가 귀 따갑게 소리쳤다.

"이름 따위를 알고 싶은 게 아니야! 여긴 어디고 넌 뭐 하는 놈이야?"

> 1. 너야말로 누구냐?
> 2. 여긴 한국이고 분당구 구미도서관이야.
> 3. 어디 다쳤어? 내가 도와줄까?
> 4. 시끄러워죽겠네, 꺼져!

흠, 챗봇 기능은 뺀 모양이다. 전엔 너도나도 넣었는데 요새는 많이들 뺀다. 원래 고릿적 어드벤처 게임도 모든 명령어를 다 입력할 수 있었다. 〈미스터리 하우스〉라든가, 〈킹스 퀘스트〉라든가. 하지만 곧 정해진 선택지를 주거나 일방향 시나리오를 주는 방식으로 바뀌었다. 개발자가 생각한 정확한 선택지를 찾을 때까지 매번 수백 종류의 말을 쏟아내고 싶어 하는 사람이 누가 있겠나.

매뉴얼에 의하면 세 번째 선택지는 호감도 플러스 5포인트를 받는다. 로맨스 엔딩을 보고 싶으면 대충 그런 방향의 선택을 하는 게 좋다고 나와 있다. 네 번째 같은 선택지를 세 번 연속 고르면 배드 엔딩이 뜬다. 사실 현실이라면 허공에서 사람이 튀어나왔는데 3, 4처럼 대응하는 사람도 범상치 않다 싶지만.

소녀 무사가 나와 눈싸움하는 동안 배경 음악과 함께 그녀석 머리 위로 타이틀이 떴다.

## 시간 방랑자

여자가 주인공인 게임은 여성향일까, 남성향일까? 게임 주인공은 유저가 이입하는 대상인가, 아니면 욕망하는 대상인가? 누구에게 어느 쪽이 작용할지 알 수 없으니 정석은 두 성별을 다 내놓는 것이다. 초창기 게임들은 모두 이 원칙을 지켰다. 하지만 게임 그래픽이 화려해지면서 도리어 성별이 하나로 고정되기 시작했고, 몰입감은 예전보다 약해지고 말았다. 만약 예산상 한 명밖에 구현할 수 없다면 어느 성별이어야 하나?

이세연은 게임 시나리오는 늘 전 인류를 유저로 가정해야 한다고 했다. 한국에서는 이미 구닥다리가 된 게임이 10년이나 20년 뒤, 이제 막 증강현실이 보급되기 시작한 어느 먼 나라의 무슨 종교를 가진 어떤 성별의 아이가 하게 될지 모르는 일이다. 그러니 게임은 성별과 인종과 국적을 초월하여 편견 없는 이야기를 해야 하며, 게임 주인공은 고루하다고 해도 좋을 법한 무난하고 보편적인 윤리관을 가진 인물이어야 한다. 그리고 어떤 팀장도 사장도 투자자도 그런 것을 신경 쓰지 않기 때문에 시나리오 작가 혼자 그 문제를 고려해야 한다고 했다. 더해서 시나리오 작가가 그 문제를 고려하지 않으면 그 게임은 어느 이상 팔리지도 않고 수출도 되지 않지만 어떤 팀장도 사장도 투자자도 그 사실을 모른다고 했다.

한가한 소리다. 게임이 그런 종류의 무엇이 아닌 지는 오래되었다. 이제 게임은 헐벗은 여자 그림 하나 얻겠다고 수천만 원에서 수억 원까지 부어대는 극단적인 극소수 VIP를 대상으로 하는 질척한 사업이 되었는걸.

*

내가 이세연의 게임을 처음 접한 건 열 살 때였다.

전국 초등학교에 게임 금지령이 내린 해였다. 그해에 어떤 애가 게임을 하다 죽었다던가 그랬다. 머리 위로 철골이 떨어지는 것을 보며 손을 올려 장풍을 쏴서 막으려 했다던가. 재난 게임 이벤트인 줄 알았다는 거다. 죽은 애가 어떻게 자기가 죽은 이유를 말했는지는 모를 일이지만 아무튼 독재자였던 당시 대통령이 유소년 게임 전면 금지령을 내려버렸다.

갖고 놀던 장난감을 다 빼앗기고 기갈에 허덕이던 나는 검열의 폭풍이 미치지 않는 너절한 인디 게임을 닥치는 대로 뒤적이기 시작했다. 이세연의 게임이 그 사이에 있었다.

그 게임은 처음에 깔았을 땐 아무 일도 없다. 실행도 안 되는 흔한 가짜 게임이려니 하고 지내다 보면, 불시에 주변에서 이상한 메시지 창이 뜬다.

처음에는 글자를 알아볼 수 없지만, 어찌어찌 암호 풀이표를 찾아내면 기호 무더기가 우리말로 변하고 구조 신호라는 것을 알게 된다. 평행 어쩌구 세계에서 차원 통신 어쩌구를 통해 우리 세계로 구조 요청을 하는 아이들이 있다는 설정의 게임이었다.

기계가 지배하는 세계에서 애들은 감시 로봇의 눈을 피해 수시로 내게 휴대전화를 통해 구조 신호를 보낸다. 그때 내가 어떻게 대응하느냐에 따라 살아남는 아이들 숫자가 달라진다. 처음에는 몰살 엔딩밖에 볼 수가 없는데, 그들 중 첩자가 숨어 있다는 것을 한 번 이상 엔딩을 보기 전에는 절대로 알 수 없기 때문이다. 열 번쯤은 엔딩을 봐야 내가 가장 먼저 살렸고, 그 후 내내 마음을 주고받았던 아이가 첩자라는 것을 알게 된다.

첩자의 눈을 피해 간신히 다른 아이들을 다 구하는 엔딩을 본 뒤에는, 처음부터 아이들에게 배신자를 알려주는 새 시나리오가 열린다. 그때 한 명 한 명의 비밀을 말하며 내가 그들과 무수한 시간을 겪은 사람이라는 것을 증명해주면 간단히 해피 엔딩에 이른다.

나는 그 엔딩을 백 번쯤 보았다. 그리고 백 번쯤 본 뒤에야 그 게임에 숨은 엔딩이 있다는 것을 알게 되었다. 그 엔딩을 발견한 날은 지금도 기억이 생생하다. 늘 깔고 앉던 낡은 방석 아래에서 미지의 세계로 들어가는 통로를 발견한 기분이었다. 같은 루트에서 첩자를 알려주지 않고 진행하다 보면 그 애가 아이들을 배신하지 않도록 설득하는 새 시나리오가 열린다. 난도가 엄청나며, 모든 루트를 다 기억하고 있어야 깰 수 있다. 그제야 비로소 첩자를 포함하여 모든 아이를 다 살릴 수 있다.

그리고 이 모든 이야기에 쓴 그래픽은 메시지 창 하나뿐이었다.

그게 혼자 만든 게임이고 만든 놈이 중학생이라는 사실이 알려지자 우리는 모두 그놈이 미친놈이라는 결론에 이르렀다. '놈'이 아닌 줄은 한참 뒤에야 알았지만.

그 게임이 우리 사이에서 한차례 대유행하고 나서야 스토리가 아주 독특한 건 아니라는 말이 돌았다. 〈키마이타치의 밤〉, 〈검은 방〉, 〈섀도우 오브 메모리즈〉, 혹은 거기서 파생한 온갖 고전 게임 클리셰의 교묘한 짜깁기라는 거였다. 사실 그 정도 짜깁기에 그 정도 볼륨이면 창작이라고 해도 좋겠지만, 무언가를 생산하는 능력이 없어 파괴에만 창조력을 쏟아붓는 애들은 그때나 지금이나 많은 편이다.

그 게임은 이런저런 민원 폭탄을 받다가 유소년 금지 게임이 되었고 이후에는 아예 금지되었다. 엔딩 대부분이 애들이 비참하게 죽는 결말이고 만든 사람이 미성년이라는 이유였다. 그렇게 그 게임은 우리들 앞에서 사라졌다.

내가 이세연의 게임을 두 번째로 만난 건 중학생 때였다.

그 시절에는 〈학교 괴담〉 시리즈가 유행했다. 원래 게임 기술이 한 단계 진보했을 때 가장 먼저 나오는 건 성인 아니면 공포다. 허접하게 만들어도 성인 게임은 어째저째 사는 사람이 있고 그래픽은 허접하게 만들면 다 어째저째 공포스러워진다.

〈학교 괴담〉 시리즈는 17편까지 나왔고 외전도 여럿이다. 수업 시간 중 천장에서 피가 뚝뚝 떨어지거나, 창문에서 피에 젖은 손이 나타나거나, 식당 구석에서 돌연 귀신이 튀어나오거나 하는 게임이다. 새 괴담 시리즈가 출시될 무렵의 학교는 여기저기서 비명을 지르거나 자지러지는 학생들로 넘쳐났다. 학생회에서는 '지루한 학교 생활에 자극을 주어 우울증을 없애주고 잠 깨는 데도 도움이 된다'는 유의 진지한 토론회가 열렸다. 그땐 좀비 게임도 대인기였는데, 점심시간에 운동장을 보면 아우성치며 이쪽에서 저쪽으로 도망 다니는 바보들을 볼 수 있었다. 그러다 좀 지나면 레벨업해서 허공에 총질하고 대포를 쏘아대는 레벨업한 바보들을 볼 수 있었다. 이것도 학생회에서는 '매일 적당히 운동을 하게 해주는 교육적인 게임'이라는 내용의 토론회가 열렸다.

이세연의 게임은 당시 쏟아져 나온 〈학교 괴담〉 짝퉁 인디 게임 중 하나였다. 나는 평상시처럼 커뮤니티에서 대량으로 무료 인디 게임을 다운받고 몇 분 하다 지우는 일을 반복하던 참이었다.

그 게임은 학교 사물함에서 "오늘 방과 후 1학년 3반 맨 뒷자리로 와줘"라고 쓰인 낡은 카드를 발견하는 것으로 시작한다. 방과 후라니, 나는 눈을 의심했다. 게임이 무려 하루를 시간 단위로 쓴다고?

나는 반신반의하며 그날 수업이 끝나고 1학년 3반에 갔고 제일 뒷자리에 앉아 있는 여자애를 발견했다. 딱 봐도 그림 한 장으로 만든 썰렁하기 짝이 없는 이벤트였다.

소녀는 나와 몇 마디 인사를 나누고는 다음 날 만나자며 사라졌다. 뭐 이런 어처구니없는 게임이 다 있나 싶었지만 나는 중학교 다니는 내내 방과 후면 1학년 3반에 들렀다. 나와 같이 1학년 3반에 들르는 친구들도 만났고 걔들과는 지금도 만난다. 그 게임의 퀘스트 장소는 학교마다 다 달랐는데, 만든 (미친)놈이 위성 지도를 보고 수동으로 전국 3,000여 개 중학교에 일일이 세팅을 했다는 소문이 돌았다.

소녀 귀신이 매일 그 시간에 나타나는 이유는 짝사랑하던 급우와의 약속 때문이다. 그리고 게임을 깨나가다 보면 어느 시점부터인가 눈앞에 산산조각으로 파괴된 학교 영상이 불시에 나타나기 시작한다. 사진 한 장을 시야에 뿌려 만든 이벤트지만 효과는 꽤 좋았다.

더해서 그 애의 한을 풀어주지 않으면 이 학교가 저주로 부서지고, 그게 세계 멸망의 시작이라는 것도 알게 된다. 한을 푸는 방법은 물론 소녀의 마음을 얻고 데이트에 성공하는 것이다.

그즈음에서야 알게 되는 것이다. 소녀를 성불시키고 나면, 방과 후에 매일 그 애를 만나던 일상은 영영 사라지고 만다는 것을.

그 후 나는 게임을 만든 사람을 찾아다니기 시작했다. 게임팀 홈페이지를 다 뒤져서 아이디로 검색을 돌렸고, 같은 아이디의 쇼핑몰 문의 댓글에서 이메일을 알아내서는 개인

SNS 계정과 그 계정에 연동된 부계정을 찾아내었다. 나는 이후 내내 모든 이세연 계정의 숨은 팔로워로 살았다. 그 녀석을 찾느라 내가 어린 나이에 코딩을 배웠다.

내가 실제로 이세연을 만난 건 몇 년 뒤 부산 G스타 부스에서였다. 나는 컴공과에 막 입학한 새내기였고 이세연은 이제 막 게임 회사에 들어간 신출내기였다. 부스 구석에서 휴대전화만 들여다보던 이세연이 고개를 들어 나를 쳐다보았을 때, 돌덩이처럼 굳은 내가 어버버하다 내뱉은 첫마디는 '왜 당신의 모든 이야기는 세계 멸망이냐'는 것이었다.

이세연은 세상없는 찐따를 만난 눈으로 나를 보다가 느릿느릿 답했다. 그건 말이지……. 추리소설이 언제나 살인 사건이어야 하는 것과 같은 이유야……. 살인 정도의 무게가 아니면 독자가 책 한 권 분량을 다 읽게 만들 수 없는 것처럼…… 세계의 멸망 정도가 아니면 수백 시간이나 유저를 붙잡을 수 없어…….

이후 나는 매일 그 회사 홈페이지를 클릭하며 신작이 나오기만을 기다렸다. 나올 때마다 사전 구매 해서 플레이해보았지만 이세연은 게임에 참여하지 않았다. 첫 NPC가 입을 떼자마자 알 수 있었다. 그게 이세연의 대사가 아니라는 것을. 나중에야 이세연이 회사에 다니는 내내 속한 프로젝트마다 엎어지면서 게임을 하나도 내지 못한 줄을 알았다. 그 녀석은 '시나리오가 왜 이리 길어' 혹은 '요새 누가 시나리오를 읽어' 혹은 '한국인은 경쟁하고 싸우는 것밖에 안 좋아해'라는 말밖에 할 줄 모르는 팀장 밑에서 아무도 읽지 않는 시나리오 다발만 산더미처럼 만들다가 하드를 포맷해버리고 뛰쳐나왔다고 했다.

회사를 나온 이세연은 대출 빚을 땡겨 작은 회사를 차렸다. 나는 그 게임도 나오자마자 플레이했지만 도저히 진행할 수가 없었다. 시작한 지 10분 만에 튕겼고 모든 이벤트에서 버그로 진행이 막혔다.

나는 이세연이 완전히 망한 것이 내게는 하나의 기회라고 생각했다. 게임 서비스를 접는다는 기사를 본 날 당장 울산에서 기차를 타고 올라가 다짜고짜 이세연 회사로 쳐들어갔다. 나한테는 컴공과 졸업장 외에는 경력이고 뭐고 없었지만 직원이 다 탈주한 이세연은 죽은 눈을 하고 순순히 나를 받아들여주었다. 입사 첫날 내 업무는 담보로 날아갈 예정인 이세연네 집 물건을 몰래 빼내 쥐구멍만 한 오피스텔로 나르는 일이었다. 그래도 처음에는 그래픽 직원이 하나 있었는데, 난민촌 같은 오피스텔에서 한 달간 한마디도 하지 않고 포트폴리오만 만들다가 야반도주해버렸다. 이후 회사가 망할 때까지 이세연의 팀원은 나 하나였다.

그렇게 나는 이세연의 종말까지 함께했다. 여러 가지 의미로 그랬다. 열정과 팬심이 친분으로 변하고, 친분이 형편없는 일상으로, 그 형편없는 일상이 청춘의 낭비와 착취라는 깨달음으로 변하며 다툼과 결별로 이어지기까지.

*

"그렇군……. 이제 알겠어. 그 이상한 도사가 나를 도망치게 해준댔는데, 그게 이계로 전송시켜준다는 말이었군."

구멍에서 튀어나온 '홍운'이라는 이름의 소녀 무사는 묻지도 않은 말을 조잘조잘 지껄였다.

'이래서 내가 야외 게임은 싫다고 했는데.'

나는 구미도서관 앞마당에서 담배를 뻑뻑 태우며 다리를 패딩 안에 욱여넣고 쪼그려 앉아 오들오들 떨며 생각했다. 퀘스트를 깨느라 도서관 주변을 30분쯤 돌았더니 손이 다 곱았다.

"그리고 네가 사는 세계와 우리 세계는 시간 흐름이 다른 모양이야. 내가 널 처음 만난 건 2년 전이었어. 그런데 넌 겨우 몇 분 전이라는 거지."

여전히 묻지도 않은 말을 열심히 떠든다. 뭐, 초기 설정은 알려줘야 하니까. 옆에서 어린애들 둘이 행복한 얼굴로 허공을 쓰다듬으며 재잘대면서 지나갔다. 공룡이겠지. 트리케라톱스나 티라노사우루스, 아니면 벨로시랩터. 어릴 땐 다 공룡을 키우니까. 그러다 공룡이 점점 자라 그래픽이 시야를 가릴 때쯤 되면 상상 속 친구와의 일상을 때려치우며 유년 시절과 안녕을 고하지.

초반 전개는 좀 훑어봐서 안다. 곧 나는 미래에서 온 홍운을 만나게 된다. 크게 다쳐 죽기 직전의 홍운, 내가 모르는 나와의 무수한 추억을 간직하고 있는 홍운을. 신뢰와 애정을 가득 담은 눈으로 내게 자신과 자기 세계, 그리고 내 세계를 구해달라고 할 거다. 그래, 언제나 세계 멸망이지.

이후 이 게임에는 시간 여행에서 일어나는 온갖 패러독스가 다 일어난다. 이세연은 시간 여행을 좋아했는데, 소스 하나를 닳도록 쓸 수 있어서였다. 홍운을 도와준 늙은 도사는 미래에서 온 홍운 자신이고, 적이라고 생각하고 계속 의심해 온 주변의 장수는 훗날 이계로 넘어간 나, 그러니까 유저 자신이다. 이벤트 순서가 뒤섞이기 때문에 유저는 처음에는 인과관계를 착각하여 실수를 한다. 실패를 반복하며 이벤트를 어느 정도 모은 뒤에야 정확한 순서를 알 수 있고, 무작위로 보았을 때에는 찾을 수 없었던 단서가 드러난다.

그리고 이 게임에서 이세연이 쓴 그래픽은 배우 하나뿐이었다. 그 녀석은 마지막까지 가난했으니까.

"그래. 네가 보여준 능력들을 보니 이제 믿겠어. 여기가 이 세계고, 어쩌면 내 미래의 세계라는 걸 말야."

홍운이 눈을 초롱초롱 반짝이며 말했다. 물론 '내가 보여준 능력'이란 이 이벤트를 열기 위해 했던 온갖 개노가다를 말한다.

내 뒤에서는 중학생쯤으로 보이는 친구가 담벼락 그을음을 보며 진지한 얼굴로 읊조리고 있었다. "아, 그래. 원한이 깊어서 성불할 수가 없다고……. 내가 어떻게 도와줄까?"

"자, 그러면."

홍운은 자리에서 앉았다 일어났다를 하고 한 번 팔딱 뛰고는 말했다.

"이건 신이 주신 기회야. 넌 신께서 우리를 위해 내려보낸 구원자가 틀림없어. 너, 우리나라가 전쟁에서 이길 수 있도록 도와줄 수 있겠니?"

1. 기꺼이 그렇게 하지.

2. 아니, 싫어.

3. 너를 위해서라면.

4. 내가 왜 그래야 하는데?

당연히 1이지. 게임을 계속하려면. 3은 호감도를 추가하겠지만 진엔딩 루트로 보이지는 않는다. 2는 배드 엔딩으로 이어질 거고 4는 단순히 호감도를 깎는 용도일 거다.

이런 게임을 하는 방법은 둘이다. 가장 안 좋은 선택을 거듭해 길이가 짧을 것이 분명한 배드 엔딩 루트를 하나하나 다 보면서 가거나, 아니면 개발자의 의도대로 최선의 선택만을 하며 가는 방법. 나는 배드 엔딩이나 하나 보고 가자는 마음에 2를 택했다.

홍운의 얼굴에 실망감이 들어찼다. 재연 배우의 부족한 연기력을 메우기 위해서 '쿠웅' 하는 소리가 들리며 주위가 스산하게 어두워졌다.

"왜?"

그리고 다시 선택지가 떴다.

1. 난 역사에 관여할 마음이 없어.

2. 너와 싸우고 있는 그 나라에 공정하지 않은 일이니까.

젠장, 나는 담배를 밟아 끄며 일어났다. 배드 엔딩이 아니야. '분기'다. 신념의 충돌, 서로 다른 윤리관의 부딪침. 게다가 아직 게임 초반이니, 비슷한 볼륨의 완전히 다른 루트로 가는 선택지다.

나는 새 담배를 꺼내 물었다. 이세연의 시나리오를 수도 없이 본 경험에 의하면 두 번째 시나리오의 감흥은 떨어진다. 결국 나는 맨 처음에 한 시나리오를 내 체험으로 받아들이게 될 거다. 어느 쪽이 더 재미있을까? 다시 말하면, 이세연은 어느 쪽을 더 공들여 썼을까? 그 녀석은 장르를 바꾸는 것도 서슴지 않고, 잔인하거나 호러에 가까운 루트도 거침없이 집어넣는다. 그게 그 녀석이 늘 마이너했던 이유이기도 했지만. 뭘 고르지?

어쨌든 지금은 2다. 그게 더 윤리적이고 선량한 답변이니까. 더 깊이 생각한 대답.

이세연은 늘 그런 선택지에 더 재미있는 시나리오를 배치해야 한다고 했다. 그래야 아이들이 그 선택으로부터 배울 수 있다고. 선량한 선택이 더 나은 결과를 가져오리라 믿게 된다고. 마찬가지로 팀장도 사장도 투자자도 아무도 생각하지 않는 문제라 시나리오 작가 혼자 생각해야 한다고 했다.

*

"주인공이라는…… 기분을…… 느끼게 해주는 거야."

이세연은 식탁이자 작업대에 앉아 무서운 속도로 타자를 치며 느릿느릿 말했다. 이세연은 말보다 타자가 빨랐는데, 가끔 보다 보면 언어 중추가 손가락에 있는 게 아닌가 싶었다.

“그게…… 게임의 본질이야.”

“게임 주인공이 다 주인공이지 뭐 다른 게 있나.”

나는 우리 사무실에 있는 하나뿐인 침대에 누워서 말했다. 침대가 하나라서 그 침대를 밤에는 이세연이, 낮에는 내가 썼다. 그러다 내가 비쩍비쩍 마르기 시작하니 이세연이 유일한 팀원을 잃을 위기감에 겁이 났는지 1년쯤 지난 뒤에는 한 달 간격으로 낮밤을 바꾸기로 했다. 자연히 대표도 한 달 간격으로 바뀌면서 우리는 공동대표 체제가 되었다. 낮에 깨어 있는 쪽이 전화를 받고 외부 업무를 해야 했기 때문이다. 침대 하나 살 돈이 없어서 대표 자리를 반 빼앗긴 이세연은 한동안은 자괴감에 빠져 지냈지만, 별꼴 다 보고 산 한국의 흔한 청춘답게 금방 털어버렸다.

“아니야, 달라. 다른 매체의 독자는 수동적인 구경꾼에 불과해. 하지만 게임은 달라. 바로, 내가, 주인공이야……. 진짜…… 주인공이라고. 모든 일이 직접 나에게 일어나는 일이라고. 그 느낌을 구현하지 못했다면 게임이라고 말할 수도 없어.”

이세연이 말하는 ‘직접 내게 일어나는 일’인 것처럼 느끼게 만드는 법칙은 수없이 많았다. 유저가 멍하니 화면을 지켜보는 시간은 5분을 넘지 않게 할 것. 단순하게라도 주기적으로 조작과 선택을 하게 할 것. 선택지를 줄 때에는 반드시 둘 중

하나는 조금이라도 더 좋은 것이도록 할 것. 무엇이 더 좋은 선택일지에 대한 정보는 충분히 주어져야 하며, 정보를 제공하지 않았다면 그 선택으로 큰 피해나 이득을 보는 일은 없도록 할 것. 단지 다양한 분기를 보여주는 데에 그칠 것. 몇 가지 선택은 운명을 크게 바꾸어야 하고 엔딩은 충분히 많아야 하며 가장 만족스러운 엔딩을 얻기 위한 경로는 가장 어려워야 한다. 그리고 적어도 하나의 엔딩은 해피 엔딩이어야 한다. 왜냐하면 수백 시간의 플레이에 대한 보답이 비극이어서는 안 되기 때문이다. 요약하면, 절대로, 유저를 게임에서 소외시키지 말 것.

"선택지가 중요하네. 쌍방향 스토리란 말이지. 인터랙티브 시스템. 능동적인 개입, 그게 주인공이라는 기분을 준다는 거지?"

"아냐, 아냐. 선택이 아냐. 선택은 아무것도 주지 않아."

이세연은 진중한 얼굴로 말했다. 오타쿠의 감으로 알 수 있었다. 지금은 함부로 말을 덧댔다가는 관계가 영영 아작나버리는 '나의 게임은 그렇지 않아……'의 순간이라는 걸.

"선택지가 나타나는 순간에 알게 되는 거야. 내가 앞에 놓인 모든 갈림길을 다 볼 수 있다는 걸."

"그게 무슨 뜻이야?"

나는 비웃거나 의심하는 티를 내지 않으려 조심하며 물

었다.

"우리 인생도 선택으로 가득해. 하지만 그래봤자 내가 내 인생의 주인공이란 생각은 들지 않는다고. 왜냐하면 어차피 평생 갈 수 있는 길이 하나뿐이라면 결국 안전한 선택을 할 수밖에 없으니까……. 영웅적인 선택도 바보스러운 선택도 할 수가 없어. 원하지 않는 길을 어쩔 수 없이 가야 한다고. 그렇게 우리는 다 자신의 인생에서 소외되는 거야……. 하지만 게임은 그렇지 않아. 선택지가 나타났을 때 알게 되는 거야. '나는 저 모든 길을 다 갈 수 있겠구나.' 세계의 이면을 다 보고, 모든 가능성의 경로와 결과를 다 볼 수 있겠구나……. 그걸 알게 되는 순간 내 게임을 하는 사람은 세계의 주인공이 되는 거야. 그게 바로 게임이야. 그게 진짜 게임 시나리오라고."

처음부터 알고 있던 사실이었지만, 게임은 이세연의 이데아였다. 소설도 영화도 만화도 드라마 각본도 아닌, 게임이 이세연이 추구하는 스토리텔링의 정점이었다. 문학이 체험이라면, 게임이야말로 진정한 '체험'이라 할 수 있다. 선택하고 참여하며 개입하고, 모든 길을 다 가본다.

비극적인 점은 이세연이 신앙처럼 추구하는 스토리는 회사에 돈을 벌어다 주지 않았다는 것이다. 하다못해 재미조차도 회사에 돈을 벌어다 주지 않았다. 끔찍하도록 지루하고,

밸런스가 형편없이 망가져 있고, 좋은 결과는 선택이 아닌 극단적으로 낮은 운에 의지하며, 수천만 원을 쏟아부어야 겨우 적절한 밸런스를 찾을 수 있는 그런 게임들이 회사에 돈벼락과 높은 빌딩을 안겨주었다.

*

2번 선택지는 꽤 난도가 있었다.

첫 이벤트가 끝나자마자 옆에 나를 노려보는 홍운의 흐릿한 그림자가 나타났다. 이번에는 하얀 옷이다. 대화도 되지 않고 다른 이벤트도 없다. 나중에야 그가 미래에서 온 홍운의 환영이라는 것을 알게 되었다. 그것도 '내가 배신을 때리고 자기 나라를 멸망시킨 미래'에서 온 홍운이다. 어딜 가든 옆에서 따라다니는 모습을 보다 보면 그래픽이라는 것을 알면서도 순간순간 섬뜩했다.

실수를 계속하다 보면 그 홍운이 점점 나를 공격하려는 자세를 취하고 모습도 점점 분명해진다. 슬슬 없애고 싶은데 이미 호감도가 많이 깎인 뒤라 좋은 선택지가 잘 나오지 않았다.

게다가 홍운의 차원 이동 문을 우연히 발견한 신라국의 왕녀가 등장해 마찬가지로 내게 도움을 요청하면서 윤리 문제는 한층 복잡해졌다. 물론 세연에게 배우를 하나 더 살 돈은 없었으니 이쪽 왕녀는 목소리로만 나타난다. 당연히 홍운 배우의 목소리다. 아무튼 소스 하나 돌려막는 꼼수는 알아줘야지.

> 1. 어느 쪽이 이기는가는 내게 중요하지 않아.
>    중요한 건 백성의 피해를 최소화하는 거야.

다른 선택지는 없다. 아무래도 지금 내겐 '혼돈 선' 인격이 부여된 모양이다. 순순히 홍운을 도우려 들지 않는다. 홍운은 내 말에 불만스레 대꾸했다.

"그러려면 어떻게 해야 하는데?"

> 1. 전쟁을 빨리 끝내도록 돕겠어.
> 2. 신라국과 화평하는 건 어때?
> 3. 도와주면 뭘 해줄 건데? 뭐든 시키는 대로 할 테냐? 흐흐흐.
> 4. 네가 죽어주면 간단히…….

3 이하는 넘기고. 안 그래도 없는 호감도를 더 깎을 수는 없지. 2를 선택해보았지만 비웃음만 되돌아왔다.

하긴, 화평을 하기에는 아무 계기도 없다. 홍운은 예전에는 왕비를 주로 배출했던 명문가 자제지만, 지금은 왕권이 강화되면서 가문이 몰락한 처지였다. 게임을 진행하려면 미래의 지식을 조금씩 전하는 것으로 홍운의 지위를 올려야 했다.

*

홍운을 연기한 배우도 현실에서 딱 한 번 본 적이 있었다.

나도 이세연도 생활비를 벌기 위해 게임 개발을 중단하고 각기 다른 회사 외주를 뛰던 무렵이었다. 이세연은 주로 망하기 직전이나 망할 것이 뻔한 게임에 불려 가 도저히 눈 뜨고 봐줄 수 없는 시나리오를 뜯어고치는 일을 했다.

팀의 공동대표로서 나는 이세연의 불평불만에 추임새를 넣는 업무를 충실히 수행했다. "왜 하나같이 여자를 민폐 덩어리에 억지만 쓰고 방해만 되는 똥멍청이로 만들어놓는 거야?" "그러춰." "주역이 똥멍청이면 남자가 좋아해, 여자가 좋아해? 캐릭터가 욕 먹으면 게임은 욕을 안 먹어? 왜 이딴 식으로 쓰는 거야? 정신병리적 마조 성향인가?" "좋구나." 이세연은 그러다가 '마녀 같은 여자'는 '정열적이고 당찬 여자'로, '백치 같은 여자'는 '세상의 선함을 믿는 여자' 따위로 몰래 단어를 바꿔놓고 돌아와서는 혼자 좋아하고는 했다. 바뀐지 모를 거라고 했다. "시나리오는 아무도 안 보거든." "얼쑤." "내가 자기들 게임에 내 게임 퀘스트를 집어넣어도 모를 거다!" "지화자."

저녁과 주말에 시간을 내서 우리 게임을 만들자고 했지만 그딴 계획이 그리 잘 돌아갈 리가 없어서 개발은 하염없이 미뤄지기만 했다. 어느 날 내가 외주 일을 끝내고 돌아와보니 난민촌 같은 오피스텔 한구석에서 한 여자애가 눅눅한 시리얼을 먹고 있었다.

까칠한 인상에 주근깨가 가득하고 몸집이 탄탄한 아가씨였다. 게임 전문 액션 배우를 지망한다고 했다. 드라마나 영화에는 여자 액션 배우 수요가 많이 없고 있어도 단역에 불과하지만, 게임 쪽은 일도 많고 온갖 판타지적인 액션을 할 수 있어 좋다고 했다.

"계약서에 대사 분량이 안 쓰여 있었어요."

그리고 '난 사기당했지만 내가 원해서 당했으니 조금은 주체적인 사기당함이라고 할 수 있지!'라고 하는 듯한 눈빛으로 말했다.

"대사집이 무슨 백과사전인 줄 알았네. 솔직히 이 가격에 할 만한 일은 아닌데 나도 취미 삼아 하는 거죠."

나도 이전부터 이세연에게 사기당하고 있다는 기분이 들기는 했지만 내가 스스로 찾아와 당해주었으니 조금은 주체적으로 망한 인생이라고 할 수 있지, 하는 눈빛을 되돌려주며 이것저것 물어보았다.

그리고 이세연이 나 몰래, 그리고 나와 만나기 전부터 이 친구와 4년째 게임을 만들고 있다는 것을 듣고 우리가 진짜로 망할 줄을 알았다.

게임은 절대 오래 만들면 안 되는 물건이다. 게임은 1년이면 유행이 변한다. 책은 유사 이래로 종이에 쓰였고 영화는 유사 이래로 영화관에 걸렸지만 게임은 그렇지 않다. 1년이면 모든 기기가 업그레이드되고, 때로는 완전히 새로운 기종과 기술이 나와 패러다임이 통째로 바뀌어버린다. 개발 기간이 2년만 넘어가도 변한 기술을 뒤쫓느라 게임을 뒤엎어야 하고, 그러면서 비용이 늘고, 늘어난 비용을 회수하기 위해 점점 기획이 커지면서 비용이 점점 기하급수적으로 늘어나는 악몽 같은 쳇바퀴 늪에 빠지고 만다. 아니면 내놓을 때는 이미 구닥다리가 되어버리든가. 이세연이 4년이나 붙들고 있었으니 이 가엾은 게임은 망할 게 분명했다.

그날 처음 만난 우리 둘은 이 게임과 서로의 가여움을 위로하며 같이 맥주잔을 기울였다.

*

"실례지만,"

내가 선택지를 골몰하는데 옆에서 누가 말을 걸었다. 돌아보니 내 나이 또래의 남자가 두툼한 책가방을 메고 옆에서 쭈뼛거리고 있었다.

판교도서관 매점이었다. 내가 앉은 자리에는 "게임 스폿이라 혼잡할 수 있습니다. 게임은 조용히 플레이해주시고 음성 모드는 꺼주세요"라는 안내문이 붙어 있었다. 옆에서는 어린 애가 씩씩거리며 연신 허공에다 칼을 휘두르는 시늉을 하고 있었다. 동작 인식 게임은 살짝만 움직여도 된다는 걸 모르는지 땀을 뻘뻘 흘리며 성깔을 부린다.

"저요?"

"지금 〈시간 방랑자〉 하고 계신 거죠? 챕터 2, 판교도서관 퀘스트 중이고요."

나는 게임을 잠시 멈췄다. 대기 모드가 되자 홍운은 나른한 얼굴로 주저앉아 꾸벅꾸벅 졸기 시작했다. 남자는 오래된 친구라도 만난 얼굴로 대뜸 악수를 청했다.

"맞죠? 이 게임 하는 사람 별로 없는데 반갑네요."

남자는 더해서 "여자는 처음 봐요" 하는 굳이 안 해도 될 말까지 덧붙였다. 친밀도를 높이겠다고 찾아와서는 "~하는 여자는 처음 봐요"라는 말을 덧붙이는 심리는 뭘까? 호감도를 쌓겠어요, 마이너스 20?

"이세연 게임 좋아하세요? 어떤 오따끄 해커가 이세연 클라우드 드라이브에 있는 소스를 해킹해서 미공개였던 마지막 게임을 인터넷에 무료로 풀었죠. 이세연 게임이 그래픽도 후지고 지금 보면 낡은 감이 있지만 시나리오는 최고죠."

그걸 푼 오따끄 해커가 바로 나다. 물론 드라이브를 해킹할 필요는 없었다. 이세연네 컴퓨터가 포장지에 잘 싸여 내 집으로 배달되어 왔으니까.

그 친구는 가방을 내려놓고 온몸으로 친근감을 표시하며 내 곁에 바짝 다가와 앉았다. 옆에서 팔을 휘두르던 애가 식탁에 손을 찧고 드러누워 울음을 터뜨리는 소동이 벌어지는 가운데 말을 이어나갔다.

"게임하는 데 방해해서 죄송하지만, 제가 지금 이 게임 3회차 플레이 중인데, 아직 못 깬 퀘스트가 있거든요. 단체 퀘스트예요."

"이세…… 이딴 거지…… 이런 게임에 단체 퀘가 있다고요?"

이세연은 단체 퀘스트를 안 좋아했다. 게임광들한테 친구가 있겠느냐는 게 그 녀석의 지론이었다. 유저도 없는 게임에 단체 퀘스트를 넣었다가 같이할 사람을 찾을 수 없어 더 급속도로 망한 게임이 부지기수라고 했다. 본인이 사교성 없는

면이 한몫했겠지만.

"판교도서관 시청각실에 가면 사람 뼈 같은 물건이 있어요. 그게 뭔지 엔딩까지도 정체가 드러나지 않죠. 하지만 챕터 13의 암호를 해독하면 그 뼈가 시간의 늪에 빠져서 3,001번 회귀한 뒤 자객에게 살해당한 홍운의 시체라는 것을 알 수 있죠."

여전히 쓸데없이 마니악한 설정일세.

"그리고 우리는 각기 다른 평행우주에서 홍운을 만난 친구고요. 세 명이 같이 동시에 회귀템을 모아야만 그 3,001번 회귀한 홍운을 살릴 수 있어요. 아직 퀘스트 안 깬 친구가 하나 있는데 부르면 금방 올 거예요."

그러고는 내 답도 기다리지 않고 전화로 친구를 불렀다. 집 나간 어머니라도 찾은 사람처럼 결연한 얼굴이었다. 말만 잘 섞으면 울릴 수도 있을 것 같았다. 그리고 우리는 의자 하나를 사이에 두고 죽음처럼 어색한 시간을 가졌다.

"……여러 명이 동시에 같은 게임을 하는 상황을 설명하기 위해 넣은 이벤트죠."

"뭐가 뭐라고요?"

"개연성이요. 개연성을 주는 설정이요. 몰입감을 위해서요."

그 친구는 목소리를 살짝 높였다.

"다른 사람이 나와 같은 게임을 하는 걸 알게 되면 내가 홍운의 유일한 친구고 유일한 주인공이라는 환상이 깨질 수 있잖아요. 그 환상이 깨지지 않도록 시나리오로 개연성을 만든 거예요. 평행우주 이론을 추가해서요. 물론 이 설정을 못 보고 넘어갈 수도 있지만 하고 나면 몰입감이 생기죠."

"……."

"이세연 게임은 그런 걸 넣죠. 그래픽이 아니라 문자 몇 줄로 몰입을 시키죠. 글자만으로요. 장인 정신이랄……."

"개뿔……."

내가 무심코 말하는 바람에 그 친구는 화들짝 놀라 입을 다물었다. 제가 잘못 들었나 아니면 뭔가 잘못 말했나 눈치를 살피는 사이에 시간은 흘렀고 지옥과도 같은 어색함이 우리를 짓눌렀다.

그 친구의 친구라는 놈은 잠옷 바람이나 다름없는 옷을 입고 헐레벌떡 달려왔다. 그리고 오랜 전우처럼 또 다짜고짜 나와 악수를 하더니 AR 모드로 지체 없이 도서관 설계도를 펼쳤다.

"세 사람이 동시에 판교도서관의 각기 다른 곳에서 퀘스트를 깨야 해요. 한 명이 두 사람에게 동시에 알람을 보내는 것으로 시간을 맞출 수 있을 거예요."

"그러면 무슨 일이 일어나는데요?"

나는 미심쩍게 물었다.

"걘 사람들 말에 의하면 우리가 홍운의 세계로 들어갈 수가 있대요."

우리는 오랜 세월 생사고락 내지는 동고동락을 한 불편한 동지처럼 서로를 마주 보았다. 나는 침묵을 깨고 소리쳤다.

"그럴 리가 없잖아요?"

"어, 우리도 그렇게 생각하지만……."

"이 게임 그래픽은 처음부터 끝까지 홍운 하나예요. 다른 세계 같은 걸 구현할 재간이 없다고요. 예산이 없었다고요. 이세연은 그림 실력은 똥망이었고."

두 오따끄는 '그렇게까지 열심히 반박할 건 없잖아요' 하는 눈빛으로 서로를 마주 보았다.

"아무튼 썰에 의하면 그래요. 스포 보지 말라고 해서 우리 둘 다 검색도 안 했어요. 그 이벤트를 보고 싶어서 도서관을 일주일간 서성이면서 이 게임 하는 사람 나타나기만 기다렸다고요."

내가 두 낯선 동지들과 고대 천년의 뭐시기 아이템 세 개를 찾고 받은 성령의 뭐시기 상자에는 "반드시 안전한 곳에서 열라"는 경고가 달려 있었다. 성인 인증도 한 번 해야 했고 이벤트를 시작하기 전 충분히 안정하라는 경고도 있었다.

무슨 야한 이벤트라도 넣었나 싶었지만 우리 제작 환경을 생각했을 때 그건 홍운의 세계를 구현하는 것만큼이나 어려운 일이었다.

'대체 무슨 수로 이세계에 들어가?'

나는 온갖 의문을 품은 채로 내 방 침대에 누워 이벤트를 시작했다.

그러자마자 돌연 주위가 깜깜해졌다. 전기가 나갔나 싶어 주변을 더듬는데 다급한 소리가 들렸다.

"움직이지 마!"

쩌렁쩌렁한 목소리. 이제는 친근하기까지 한 홍운의 목소리였다.

"어떻게 된 거야? 여긴 우리 세계야. 어떻게 들어온 거야?"

'에에엑?'

나는 그제야 상황을 파악했다. 이거 단순히 시야에 검은 화면을 뿌려 만든 이벤트다.

"눈이 안 보이는구나……."

어쩔씨구리.

"차원 이동의 영향인가 봐. 여긴 적진 한복판이고 우린 지금 창고에 숨어 있어. 절대 소리 내거나 움직이지 마. 그러면 들키니까."

그야 움직이면 내 방 물건을 만지게 되고, 그러면 그놈의 몰입감이 깨지기 때문이겠지.

"괜찮아. 날 믿어."

홍운이 내 귀에 속삭였다.

"내가 널 지켜줄 테니까."

그리고 어둠 속에서 청각에만 의존해서 하는 퍼즐이 이어졌다.

난도는 쉬웠지만 움직이거나 소리를 내면 안 된다는 상황 설정과 홍운의 나지막하고 급박한 목소리가 긴장감을 유발했다. 그리고 이 이벤트는 사방에서 칼이 부딪치는 소리, 바람 소리, 비명을 지르는 사람들의 소리, 마지막으로 "어서 돌아가!" 하는 홍운의 목소리와 함께 끝났다.

시야가 열리자 나는 침대 위에 누워 있었다. 한숨을 푹 쉬며 이마를 짚었다. 긴장이 풀어지자 가벼운 허탈감이 밀려왔다.

*

게임 개발이 진행되면서 예산은 점점 빵꾸가 났다. 내가 캐릭터를 하나 줄여야겠다고 하자 이세연은 지체 없이 주인공을 이중인격으로 바꿨다. 한 달 뒤 하나 더 줄여야겠다고 하자 주인공이 들고 다니는 칼이 말하게 만들었다. 맵을 줄여야겠다고 하자 스토리를 시간 여행으로 바꾸어 같은 맵을 다섯 번 왕복하게 만들었다. 마지막 마왕성도 못 만든다고 했을 때엔 며칠을 싸웠지만, 결국 이세연은 포기하고 씩씩거리며 컴퓨터 앞에 앉더니 그날로 '주인공은 우리 세계와 똑같은 풍경의 평행 차원으로 들어갔다'는 시나리오를 써내었다.

그래서 우리의 첫 게임은 말하는 칼과 함께 시간을 여행하는 이중인격 성별 변환자 주인공의 이야기가 되었다. 그 게임도 얌전히 망했고 조용히 사라져갔다.

*

또 홍운을 죽이고 말았다.

피투성이가 되어 누운 홍운의 모습을 몇 번째 보는 걸까. 아무리 연기라지만 "죽기 전에…… 너를 한 번만 더 보고 싶어서…… 왔어……"라고 말하고 축 늘어지는 홍운을 반복해서 보자니 살짝 트라우마까지 생길 지경이었다. 아무리 게임에서 가장 많이 보는 장면은 주인공이 죽는 장면이라지만.

결말에 가까워질수록 난도가 높아진다. 역시 이 루트는 아무래도 두 번째나 세 번째에 택했어야 할 루트인 듯했다. 타임 어택 퀘스트도 많아졌고 몸을 쓰는 퀘스트도 많아졌다. 계원예고 옆 분당도서관 계단을 몇 번을 내달렸는지 알 수가 없었다. 어느 때는 놓친 단서가 너무 많아 추리를 할 수가 없어 계속 홍운의 죽음을 반복해가며 소거법으로 맞는 길을 찾아야만 했다.

홍운은 이제 이계의 수상한 기술을 전파하는 데다가 종종 모습을 감췄다가 다른 곳에서 나타나고 미래를 예언하기까지도 하는 바람에, 왕과 주변의 질투하는 인물들에게서 첩자 혹은 요괴로 의심을 사고 있다. 홍운이 다른 동료를 얻을 수 있는 수치인 '신뢰도'는 오래전부터 빨간불이다. 더 이상 홍운을 죽이지 않으려면 최소한의 개입으로 도와야 하지만, 이대로는 아무리 애써도 파멸을 막을 길이 없었다.

'처음부터 다시 해야 하나? 아냐. 이세연이 그런 난도를 잡았을 리 없어. 어딘가 돌파구가 있을 거야.'

여왕이 된 신라국의 왕녀와 만나는 경로가 있을 것 같은데 통 길이 보이지 않았다. 그 녀석이 없는 떡밥을 넣지는 않았을 텐데. 나는 다 포기하고 안 해본 경로를 하나하나 깨나가며 빠져나갈 구멍을 뒤져보기 시작했다.

중간에 잠시 있었던 율동공원을 한 바퀴 도는 선택지는 애초에 고려하지 않았었다. 그렇게 멀고 귀찮은 곳에 메인 이벤트를 박았을까 싶었다. 하지만 남은 길이 없는 터라 하루 날을 잡고 율동공원을 끝에서부터 끝까지 걸어보기로 했다.

날이 좀 풀려서 공원에는 게임하는 사람들이 종종 눈에 띄었다. 보이지 않는 연을 날리며 뛰는 애들도 있었고 안 보이는 요정과 같이 춤을 추는 애들도 있었다. 호숫가 벤치에 앉아 투명한 고양이를 쓰다듬는 사람과 허공과 팔짱을 끼고 행복한 얼굴로 혼자 데이트하는 사람도 눈에 띄었다. 공원을 반쯤 걸었을 때 휘익 하고 바람을 가르는 소리와 함께 화살이 날아와 눈앞의 나무에 꽂혔다.

'이벤트다!' 하고 기뻐 돌아보니 상처투성이에 지저분한 옷차림의 홍운이 나를 노려보며 활을 겨누고 있었다. 화난 얼굴을 보니 기쁜 마음이 묘하게 가라앉았다.

미래의 홍운이다. 하얀 옷을 입은 것으로 구분할 수 있었다. 나이도 더 들어 있었다. 10대 티를 못 벗었던 처음과 달리 키도 훌쩍 컸고 물씬 성숙한 티가 났다. 이 사람은 뭐 얻어먹을 게 있다고 이런 허접한 게임 알바를 이렇게 오래 했을까.

"넌 날 돕지 않았어."

홍운이 이를 갈았다. 그새 연기도 늘었다. 눈물이 그렁그렁했고 원망하는 표정이 살아 있었다.

"도울 수 있었는데."

하얀 옷의 홍운은 '나라는 망해버렸고 동료들에게는 요괴로 몰려 쫓겨 다니는 절망적인 상황에 놓인 미래의 홍운'이다. 더해서 내가 자신을 배신해 신라국의 편에 섰다는 기억까지 갖고 있다. 선택지가 눈앞에 떴다.

1. 널 도울 이유가 없었으니까.

2. 내가 할 수 있는 일은 한계가 있어.

3. 지금이라도 도울 방법을 말해줘.

이미 내게 부여된 '혼돈 선' 인격 때문에 선택지가 영 마음에 들지 않는다. 하지만 나는 시체가 된 홍운을 그만 보고 싶다. 게임도 깨고 싶다. 그런데 루트를 잘못 타버렸다. 처음부터 다시 해야 하나? 플레이한 시간을 생각하면 아까운 일이었지만 방법이 없을지도 모른다.

나는 어쨌든 일단 3을 택했다.

홍운은 활을 내리고 나에 대한 적의를 감추지 않은 채로 말했다.

"그 도사가 제안을 해왔어. 네가 과거 어느 시점으로 되돌아가면 모든 것을 다시 할 수 있다더군. 네가 정말 날 도울 생각이 있다면."

좋았어, 주요 분기로 되돌아가는 이벤트로군. 오케이지.

1. 싫어.

잠깐, 싫다고? 이것뿐이야? 다른 선택지는 없는 거야? 이걸 어쩌지? 그냥 멍하니 선택지를 보는 것으로 거부해야 하나?

여기서 그만해야 하나? 도리가 없었다. 나는 선택했다. 홍운은 어이없다는 얼굴을 했다.

"어째서?"

1. 과거를 되돌리면 내가 아는 홍운은 사라져버리잖아.

"어처구니가 없네!"

홍운은 우렁차게 고함쳤다.

"애초에 넌 내가 살아 있는 사람이라고 생각하지도 않잖아! 우리나라가 어떻게 되든 관심도 없잖아. 넌 그냥 게임이라도 하듯 놀고 있을 뿐이라고! 그런데 나 하나가 사라지는 게 뭐가 중요해?"

말문이 막히는 대사였다. 홍운은 팔을 추욱 늘어뜨렸다.

그리고 삐삐삐 소리가 귀에 요란하게 울렸다. 신뢰도가 빨간색에서 노란색으로 변했다. 호감도도 마찬가지로 중앙 바를 넘어 초록색으로 변했다. 나는 다리가 풀릴 만큼 안도했다. 홍운은 마음에 안 든다는 얼굴로 말했다.

"중앙도서관으로 가. 신라국의 여왕이 그곳에서 오늘쯤 너를 만났다는 기록이 있어. 거기서 다른 선택을 해줘……. 네가 할 법하지 않은 선택을. 그 일은 내게는 과거지만 네게는 미래니까, 네 과거는 변하지 않아. 네가 아는 홍운도 사라지지 않겠지."

그러고는 슬픈 얼굴로 먼 곳을 보며 말했다.

"깜박 착각했네. 네 '홍운'은 내가 아닌데. 어차피 어떤 경로로든 네가 내 나라를 구하면 지금의 나는 사라져. 하지만 괜찮겠지……. 난 네가 지키려는 홍운과는 다른 사람이니까."

홍운의 눈이 오랫동안 내게 꽂혔다. 나는 무심코 내 뒤에 누가 있나 돌아보았다. 그럴 리 없다는 걸 알면서도.

"그리고 나도 그 정도는 괜찮다고 생각해."

홍운은 구멍 안으로 사라졌다.

버스를 타고 야탑동으로 향하는 도중에 한 무리의 고등학생들이 탔다. 그리고 자기들이 지금 게임 플레이 중인데 잠시만 소란을 양해해달라고 했다. 흔한 풍경이라 기사도 승객도 무시하며 딴청을 피웠다. 학생들은 각자 자리에 앉고는 노래를 부르기 시작했다. 한 명이 선창하고 다른 친구들이 이어 부르는데, 어찌나 연습했는지 화음이 기막히게 맞았다.

옆자리에 앉은 친구에게 슬쩍 무슨 게임 하냐고 물어보았다. 그 녀석은 자신의 존재 가치를 알아봐준 사람을 만난 양 환하게 웃으며 고글을 빌려주었다.

고글을 끼니 귓가에서 웅장한 오케스트라 음악이 흘러나왔다. 버스는 비공정으로 바뀌었고 구름을 헤치고 무서운 속도로 질주했다. 창밖으로는 새파란 바다가 펼쳐져 있었고 하얀 새 떼가 우리를 쫓아 날아왔다. 학생들은 제각기 엘프와 오크, 호빗과 드워프 등, 각기 다른 종족의 모습으로 온갖 장비를 갖추고 앉아 신나게 떠들고 있었다.

갑자기 학생들이 창밖을 보며 "오, 오" 하고 감탄사를 내뱉었다. 같이 내다보니 바다 위로 고래 떼가 눈부신 파도를 일으키며 우리를 따라 몰려오고 있었다. 고래 등에서 물이 분수처럼 솟구쳤고 물안개가 하얗게 피어올랐다.

내 옆에 앉은 친구는 푸른 피부에 너부데데한 오크의 모습을 하고서는 뻐드렁 송곳니가 드러난 입으로 큼지막하게 웃었다.

"재밌어 보이죠?"

*

이세연과는 내가 그 녀석 사무실에 다짜고짜 쳐들어간 날로부터 9년쯤 지난 어느 여름에 끝났다.

그날 우리는 베란다에 앉아 맥주를 까며 새로 나온 슈팅 게임을 하고 있었다. 대기권을 강하하며 지구를 폭격해 오는 외계인 비행기를 미사일로 쏘아 떨어뜨리는 게임이었다. 고글에 비친 선릉역 주변은 외계인의 공격으로 박살이 났고 우리가 쏘아 떨어뜨린 비행기가 추락할 때마다 연이어 대폭발을 일으켰다. 현실이라면 유독 가스와 열기가 후폭풍을 일으킬 거고 진동으로 건물이 붕괴될 위험도 있겠지만 어쨌든 이건 게임이었다. 우리는 홀로그램 파일럿 복장을 덮어쓰고 대공포를 조종하며, 현실이라면 지구의 화력을 다 써버리고도 남을 수준의 무시무시한 양의 미사일을 쏘아대었다.

그리고 그날 천천히 받아들였다. 우리가 세월을 낭비한 사이에 기술은 무서운 속도로 발전했고 나도 이세연도 더 이상 쫓아갈 수 없다는 사실을.

우린 끝났다. 다 끝났다. 팬이었을 때엔 말을 붙이는 것만으로도 영광이었고 함께할 때는 생사고락을 같이하는 동지더니, 끝나고 보니 저임금으로 나를 착취하고 청춘을 낭비하게 한 무능한 악덕 사장일 뿐이었다. 더 일찍 끝내지 못한 것만이 패착이었다.

"이 게임 시나리오가 괜찮아."

나는 녀석의 말을 듣고 낮게 그르렁댔다.

"슈팅 게임에 무슨 시나리오가 있어?"

"지구는 멸망했고 여기가 인류의 마지막 피난처고, 우리가 저 외계 행성에서 탈출한 왕위 후계자라는 설정이 있잖아. 적 사령관은 내게 개인적인 원한을 갖고 있고. 그러면 저 수많은 전투기가 우리만 공격하는 이유가 설명이 되지. 현실감 있잖아."

나는 게임 패드를 내려놓았다. 신물이 났고 슬펐다. 아무도 아무런 가치를 부여하지 않는 일에 마음을 다 바친다는 것에 지쳤고, 그게 다 뭔지도 알 수가 없었다.

"그딴 게 현실감을 주지 않아."

내가 공격을 멈추자 미사일이 우리 베란다를 직격했다. 귀가 먹먹한 굉음과 함께 난간이 터지고 가스관이 불타며 벽이 부서졌다. 주위가 화염에 휩싸였고 연기가 자욱하게 솟았다. 나는 짙은 연기 속에서 말했다.

"돈이야. 돈이 현실감을 주지. 누가 얼마나 많은 돈을 게임에 퍼부었느냐에 따라 대우를 다르게 해주는 거지. 서민들은 감히 쳐다볼 수도 없는 부자들에게 그들이 때려 넣은 돈만큼 보상해주는 거야. 그 막대한 자본력을 보며 유저들이 경탄하고 찬사를 바치게 하는 거지. 그러면 그 돈을 가진 사람이 주인공이자 영웅이 되는 거야. 그 사람이 모든 걸 다 할 수 있는 사람이야. 모든 선택을 다 할 수 있는 사람이고. 그게 밸런스야. 그게 공정함이야. 진짜 현실감 넘치는 시나리오지. 현실과 똑같으니까. 유저도 좋다고 몰려오고 회사도 떼돈을 벌고."

이세연은 답하지 않았다. 별 뻔한 소리를 다 한다는 듯 무심한 얼굴로 게임에만 열중했다. 내가 나가는데도 돌아보지도 않았다. 부서진 베란다에 앉아 묵묵히 계속 미사일을 날렸다. 그대로 짐을 싸서 나가는데도 막지 않았다.

이세연과 헤어진 후 나는 이런저런 곳에서 일했다. 서울시청을 구한말 시대 양식으로 바꿔주는 이벤트에도 참여했고 동계올림픽 폐회식에 인면조가 날아다니게도 해주었다. 전국 초등학교 창밖 배경을 숲으로 꾸며주었고, 태양계와 달을 맨몸으로 둘러보는 교육용 VR을 개발하기도 했다. 게임 만들던 시절을 생각하면 모두 경이로울 정도로 페이가 좋았다.

몇 년이 지난 어느 날 이세연이 보냈다는 유품이 집으로 날아왔다. 유행하는 변종 감기에 걸려 급작스럽고 어이없이 갔다는 소식이었다. 친한 친척도 없었는지 자기 물건을 다 나 보고 마음대로 처분하라는 유언을 남겼다고 했다.

내 집에 날아온 이세연의 하드에는 한 번도 쓰이지 않았거나, 쓰였어도 금방 서비스가 접혔거나, 공개됐어도 거의 뒤바뀌어 나간 시나리오 다발이 산더미처럼 쌓여 있었다. 근로저작권 계약 때문에 그 녀석 것도 아닌 스토리들이었다. 어디에도 쓰일 일 없을 뒷부분 전개와 아무도 보지 못할 엔딩이 사라진 문명의 유산처럼 폴더에 차곡차곡 정리되어 있었다. 망해가는 회사들의 형편없는 시나리오를 뜯어고치는 외주를 하면서 참 열심히도 썼다 싶었다.

이세연이 10년 넘게 혼자 붙들고 있던 유작을 발견하여 사람 고용해 마무리하고 인터넷에 뿌린 뒤에도, 정작 해볼 마음이 든 건 그 후로도 시간이 많이 지나서였다.

*

간신히 신라국과 가야국의 화평 루트에 들어섰다.

맨 처음에 홍운을 돕는 선택을 했다면 아마 신라국을 작살내버리는 루트가 펼쳐졌을 것이다. 그 시나리오도 나름 호쾌했을 것 같았다. 홍운이 지금 친구라 부르는 인물들은 모두 적이 되었을 것이고, 반대로 지금 홍운을 의심하거나 제거하려 드는 인물들은 격렬한 추종자가 되었을 것이다. 유저가 다른 선택을 하고 다른 길을 걸었기에 완전히 달라지는 인물관계도, 세연이 좋아하는 전개였다.

내가 걷는 길은 기본 루트에서 볼 수 있는 대규모 격전은 없지만, 대신 복잡하고 긴 선택지를 건너다니고 호감도와 신뢰도 바를 계속 체크하면서 누구의 기분도 상하지 않을 가장 적절한 대사를 신중하게 골라야 했다.

기나긴 협상 끝에 홍운이 마침내 화평에 성공했다는 사실을 알리러 왔고, "이제 다 끝났어"라고 말한 뒤 나를 마주 보았다. 전에 없이 부드러운 눈길이었다. 이제 슬슬 엔딩이군. 어차피 엔딩에도 별다른 그래픽을 쓸 재간은 없을 거고. 어떻게 끝내려나.

"있잖아, 나."

홍운은 얼굴을 붉히며 몸을 배배 꼬았다.

"생각해봤는데. 나, 네 세계에 남아도 될까?"

'이건 또 무슨 소리야.'

나는 헛웃음을 지었다. 어쩌려고 이런 대사를 넣었을까. 하지만 이것도 이세연이 끌어안고 살던 산더미 같은 법칙 중의 하나였다. 할 법한 말을 할 것. 예측할 수 있지만 그 예측을 살짝 넘는 말을 할 것. 그래서 이 상황에 개연성이 있다고 믿게 할 것. 일어날 법한 일이라고. 그래서 몰입하게 할 것.

"돌아가봤자 날 의심하는 놈들 천지라 살기 힘들 것 같고……. 여긴 전쟁도 없고 평화로워 보여. 뭣보다 네가 있잖아."

| |
|---|
| 1. 그래, 나도 너와 같이 살고 싶어.<br>2. 그건 불가능해. |

2……라고밖에는 생각되지 않았지만 어떻게 되나 보자 하고 1을 골랐다. 홍운의 얼굴에 화색이 돌았다.

"정말? 정말이야?"

"불가능해."

옆에서 다른 목소리가 들렸다. 돌아보니 미래의 홍운이 어느새 와 있었다. 노란 옷의 홍운, 모든 일이 잘 풀린 가장 좋은 미래에서 온 녀석으로, 성격도 훨씬 안정적이고 차분한 편이다.

"홍운, 과거의 나, 여기 남아서는 안 돼. 그러면 두 세계의 균형에 균열이 생기고 그게 더 큰 재난으로 이어질 거야. 이제 돌아가야 해."

이유야 가져다 붙이면 그만이고, 강제 이벤트로군. 어느 방향으로 선택하든 같은 경로로 끌고 가는 기법. 뭐, 그럴 수밖에 없겠지.

붉은 옷을 입은 과거 홍운의 얼굴에는 실망한 기색이 역력했지만 고개를 끄덕이며 받아들였다.

"알아, 안 될 일이지."

"그냥 모순이 되니까 못 하는 거지."

나는 무심코 중얼거렸다.

그때 주위에 잔잔한 음악이 흘렀다. 이 타이밍에 배경 음악? 뭐야?

바람이 불며 나뭇잎이 흩날렸고 주변이 회색으로 변했다. 과거의 홍운은 시간 속에 얼어붙은 듯 정지했다. 음악이 들리는 쪽으로 고개를 돌리니 미래의 홍운이 내게 시선을 꽂고 있었다.

"맞아."

노란 옷을 입은 미래의 홍운이 입을 열었다. 나는 당황해서 입에 문 담배를 떨어뜨릴 뻔했다. 맞아? 맞다니? 뭐가 맞아? 설마 여기서 갑자기 음성 인식 모드를 넣었나? 아니면 그냥 아무렇게나 말하는 건가? 내가 뭔가 플래그를 켠 건가?

"그래도……"

미래의 홍운이 푸근한 미소를 지었다. 연기가 아니었다. 홍운이 아니라 현실에 살아 있는 배우 본인이 하는 말처럼 들렸다.

"……재미있잖아?"

세상에 색깔이 돌아오고 미래의 홍운도 모습을 감추었다. 얼어붙은 시간에서 깨어난 과거의 홍운은 아쉬운 미소를 지으며 머리를 벅벅 긁고 구멍으로 발을 디뎠다.

그러자 하얀 고딕체의 엔딩 크레디트가 중앙도서관을 배경으로 올라갔다. 배우 이름과 외주 사운드와 의상 디자이너, 스크립터, 마지막으로 긴 여운을 남긴 뒤 스페셜 땡스 투(special thanks to)에 내 이름이 떴다. 홍운이 사라지며 기운찬 목소리로 말했다.

"언젠가 다시 만나자."

그리고 마지막 글자.

End

*

엔딩을 본 뒤 한 달쯤 지난 어느 날이었다. 나는 사람 몸 위에 홀로그램 아바타를 뒤집어씌워주는 데이팅 앱 회사 외주를 하고 있었다. 결혼 후에도 다른 사람 모습—때로는 성별도 다른 사람 모습의 데이팅 앱을 끄지 않고 지내는 부부들 사연이 'TV 서프라이즈'에 나오면서, 사랑이란 무엇이고 진실이란 무엇인가 유의 논쟁이 한창 SNS에서 들끓던 무렵이었다.

바이어와 미팅을 하러 나간 나는 낯익은 사람과 마주쳤다. 상대를 본 나는 손에 든 것을 다 떨어뜨리며 소리 질렀다.

"홍운?"

"홍운이요?"

바이어는 눈이 휘둥그레지더니 웃음을 터뜨렸다.

"아이구, 실장님, 그 게임 해보셨구나! 암튼 요새 그 게임 무료로 풀린 바람에 알아보는 사람이 늘었다니까요. 나 참, 소싯적에 배우 되겠답시고 이것저것 했던 알바 중 하나였는데 말이죠. 아유, 창피해죽겠네요."

창피해죽겠다면서도 '홍운'은 봇물 터진 듯 "아유, 아유" 하면서 그 게임에 대해 한참을 떠들었다. 몇 군데 대사가 잘못 들어갔다던가, 어디서 기세 좋게 구르다가 허리가 나가서 한

회차 알바비를 다 날렸다던가. 그렇게 한참 떠들다가 내가 누군지 알아본 홍운은 이산가족과 조우한 사람처럼 호들갑스럽게 반가워했다.

"실장님, 요새는 게임 안 하세요?"

"때려치우고 나니 관심이 끊겨서요."

"요거, 요거 해봐요. 이세연 씨 여기서 오래 외주했어요. 퀘스트깨나 만들었을걸요. 요새 이거 안 하는 사람 없어요."

홍운은 나를 꼭 붙잡고 허공에 게임 쇼핑 화면을 띄웠다.

"에이, 퀘스트마다 이름 박는 것도 아닌데 세연이가 만든 게 뭔지 어떻게 알아보겠어요."

"보인다니까. 이세연 씨 퀘스트는 튀어요. 퀘스트 몇 개만 좋아도 전체 퀘스트가 다 좋아 보이죠. 이세연 씨가 그러지 않던가요?"

그랬었지. 잘 짠 몇 개의 퀘스트가 게임 전체를 빛나게 한다고. 유저는 시나리오의 평균값을 체험한다고. 그것도 시나리오 작가 혼자 생각해야 하는 일 중 하나였다. 게임을 잘 살펴 몇 마디의 대사로 모순을 없앨 것. 시스템이 만드는 괴리를 시나리오로 풀처럼 발라 메울 것. 그렇게 모순이 없어지면 몰입감이 생긴다. 그래서, 절대로, 유저를 게임에서 소외시키지 말 것.

시나리오 작가가 조용히 그런 일을 해주지 않으면 그 게임은 망하지만, 왜 망했는지는 아무도 모른다고.

그날 저녁 나는 홍대 경의선 철길 공원으로 갔다. 게임용 콘택트렌즈에 업데이트를 다운받고 무선 이어폰을 꼈다.

음성 명령으로 플레이를 시작하자 귓가에 경적을 울리듯 날카로운 괴수 울음소리가 들려왔다. 고개를 드니 타는 듯한 진홍빛 하늘에 피처럼 붉은 거대한 괴조가 긴 울음소리를 끌며 날아가고 있었다. 옛 명화에 등장하는 새처럼 휘황찬란한 깃털을 두르고 있다. 불꽃처럼 늘어진 긴 꼬리 뒤로는 작은 새들이 열을 맞추어 쫓아갔다. 저 새를 만든 디자이너는 연봉이 세겠지, 나는 무심코 생각했다.

옛 철길을 중심으로 길쭉하게 뻗어나간 공원을 따라 동양풍 판타지 이세계가 펼쳐져 있었다. 길 양쪽으로 이어진 은행나무는 수백 년은 묵은 듯 드높이 자라나 있었고, 겨울 날씨도 아랑곳없이 눈부신 황금빛 이파리가 풍성했다. 가지 사이로는 무지갯빛 나비와 요정들이 날아다녔다. 상가 건물은 고풍스러운 석재나 목조 건물로 변했고 푸릇푸릇한 덩굴식물이 벽을 뒤덮었다. 줄기마다 하얀 초롱꽃이 눈송이처럼 매달려 있다. 거리를 오가는 사람들 몸에도 화사한 복식이 덧씌워져 보였다. 아무래도 이 게임 오래 하다 보면 현실의 칙칙한 빛을 견디기 어렵겠다 싶었다.

길 중간에 게임 회사에서 사들인 땅이 있었고 그 자리에 홀로그램 상점이 보였다. 고양잇과 수인이 물약과 아이템을 팔면서, 마시는 시늉을 하면 HP가 찬다고 친절하게 설명해 주었다. 게이머들이 그 주위에 와글와글 모여 있었다. 덧씌운 옷으로 서로의 직업과 레벨을 알 수 있었다. 다들 오늘의 속보와 퀘스트 정보를 나누면서 길드원을 모집하느라 여념이 없었다.

나는 홀로그램 지도를 보며 첫 퀘스트 장소를 찾다가 문득 멈춰 섰다. 멈춘 뒤에는 완전히 얼어붙었다.

시야 한구석에 검은 구멍이 열렸다. 아니, 구멍이 아니라 검은색 칠을 했을 뿐인 조악한 그래픽이. 모자이크 튄 자리까지 익숙한 그래픽이.

그리고 그 위로 새하얀 글자가 떠올랐다. 나는 위로 떠오르는 글자를 넋 나간 기분으로 바라보았다.

## 에필로그

이세연, 이 악덕 외주자야. 기어코 남의 게임에다 자기 게임 퀘스트를 넣어버린 거냐.

구멍에서 사람이 모습을 드러내었다. 익숙한 얼굴이었다. 익숙하게 뿌연 그래픽, 무지갯빛으로 찬란하게 빛나는 풍경

사이에 있으니 어지간히도 초라하고 칙칙해 보였다.

홍운이었다. 지금까지 게임에서 보아왔던 그 어떤 모습보다도 나이가 들어 있었다. 아침에 본 모습과 별로 연배 차이도 없어 보였다.

홍운은 나를 보고는 눈을 휘둥그레 떴다. 물론 이 배우의 녹화된 영상이 나를 알아볼 리야 없고, 배역에 따라 주어진 연기를 하고 있을 뿐이겠지만.

"세상에……."

홍운이 더듬더듬 입을 열었다.

"이게 꿈은 아니지?"

눈에 눈물이 글썽글썽했다. 아니, 이 사람 보게, 연기 때려치웠다더니. 계속했었잖아. 엄청 늘었네. 홍운은 뺨을 붉히고 금방이라도 울음보가 터질 듯한 얼굴을 했다.

"보고 싶었어……."

예측할 수는 있지만 예측을 살짝 벗어나는 이벤트로 유저를 놀라게 할 것. 이벤트를 볼 확률은 높게, 하지만 놓쳤을 가능성을 상상하게 하여 그 일이 특별한 일처럼 느껴지게 할 것. 그래서 믿게 할 것. 당신이 세상의 주인공이라고. 영웅적인 선택도 바보 같은 선택도 할 수 있는, 누구보다도 중요하고 특별한 사람이라고.

"얼굴 좋아 보이네. 잘 지내는 것 같아 다행이야. 그간 별일 없었어?"

마치 내가 그간 어떤 선택을 했든, 어떤 길을 걸었든, 우리가 어떤 다툼을 했든, 모든 일들은 세월에 마모되고 윤색되었고, 가장 아름다운 추억만이 이 자리에 남아 빛나고 있다고 말하듯이.

홍운이 땅에 발을 내려놓으며 내게 손을 내밀었다. 마지막 이벤트는 뭘까, 악수로만 끝날까, 끌어안아줄까, 아니면…… 나는 마주 손을 내밀며 생각했다.

내가 호감도를 잘 쌓아놨던가.

# 너럭바위를 바라보다

'바위는 사라질 거야.'

나는 서랍을 뒤적이며 생각했다.

그건 한날 바위일 뿐이니까. 바위는 가치가 없다. 돈도 안 되고 먹을 수도 없고, 농작물을 심거나 건물을 올릴 수도 없다. 그저 크고 파도가 철썩이고 조개가 붙어 있을 뿐이다. 그러니 바위는 사라질 것이다.

그리고 내 CD는 사라진 듯했다.

서랍을 뒤집어 안에 있는 것을 다 꺼내 방바닥에 늘어놓아 보았지만 역시 없었다.

'분명히 여기 넣어두었는데.'

CD가 담겨 있던 낡은 종이 상자에 쓰인 '내 보물, 중요, 건드리지 말 것'이란 글씨가 허망했다. 마지막으로 들은 것이 언제였더라. 재작년이었던가. 그때 잘 놓아둔답시고 굳이 다른 데 쟁여놓았을까. 아무리 머리를 쥐어짜도 떠오르지 않았다.

그때 창밖에서 찌르릉 소리가 들렸다.

나는 뿌연 먼지를 헤치며 일어나 창밖을 내다보았다. 언덕 너머 사는 예지 씨가 가벼운 옷차림에 배낭을 메고 자전거 안장에 앉아 벨을 찌르릉찌르릉 울리고 있었다.

"사라지셨나 싶어 불러봤어요. 어제오늘 도통 안 보이시길래."

"예, 살아 있어요. 물건이 없어져서 집 안을 뒤집어놓고 있었어요."

"여느 때와 같네요."

예지 씨는 끈을 단단히 맨 운동화로 페달을 돌려보고, 자전거 브레이크를 당겨보았다. 내 말을 듣자니 제 자전거 부품이 다 제자리에 있는지 걱정되기라도 한다는 듯이.

"어릴 때 산 인디 밴드 CD가 없어졌어요."

내가 말했다.

"정말 좋아했는데 말이죠. 공연마다 쫓아다녔고 밤낮으로 들었죠. 팀도 해체되어서 다시 구할 수도 없는데."

"그래도 없어졌다면 그렇게까지 소중하지 않은 물건일 거예요. 적어도 지금은 말이죠."

예지 씨가 말했다.

"자주 꺼내 보지 않았다는 뜻이잖아요. 너무 아쉬워하지 마세요."

"그도 그러네요."

예지 씨도 자기가 잃어버린 것들을 떠올리고 있다는 생각이 들었다. 예지 씨는 운동화로 돌을 탁탁 쳐서 흙을 떨구며 말을 이었다.

"제 옆집 할아버지는 요새 하도 물건을 잃어버려서, 중요한 물건은 침대맡에 늘어놓고 주무신대요. 아침에 일어나면 잘 있는지 하나하나 만져봐서 확인한 다음에야 하루를 시작한대요."

"좋은 팁이네요. 앞으로 나도 그래야겠어요."

아쉬웠다. 어쩌면 이제 그 노래를 사랑하는 사람은 세상에 나밖에 안 남았을지도 모르는데. 아마 그래서 없어졌겠지. 관리국에서는 쓰는 사람이 하나뿐인 물건에 소중한 바이트를 낭비하고 싶지 않을 테니까. 많이 쓰는 물건이 낭비가 적겠지. 복사만 하면 되니까.

예지 씨가 자전거 페달을 빙글 돌리며 물었다.

"지우 씨, 오늘 바위에서 집회가 있어요. 나오실 거죠?"

"아, 나가야지요……."

나는 말을 흐렸다.

"예지 씨, 저는 솔직히 말해서 바위는……."

"못 지킬 것 같다고요?"

"네. 그렇잖아요. 바위는 쓸모가 없어요. 먹지도 못하고. 바위가 없으면 그 공간을 더 가치 있게 쓸 수 있겠죠. 다른 동네에서 우리더러 이기적이라고 욕해요."

"다 아는 이야기네요. 그래도 오실 거죠?"

"그래야지요."

예지 씨는 모자를 푹 눌러쓰고 언덕을 달려 올라갔다.

자전거가 지나간 경로를 따라 바큇자국이 이어졌다. 그 궤적을 따라 길이 생명을 얻는 모습이 눈에 들어왔다. 조금 전까지 흐릿해 보였던 잡초가 싱싱하게 살아났다. 산뜻한 잎맥이며 맺힌 이슬이며, 그 이슬에 반사되는 반짝이는 햇빛까지도 선명해졌다. 지저분한 물감을 흩뜨린 듯했던 길가에 생생한 형체를 가진 돌멩이들이 나타났다.

예지 씨는 아침이면 어김없이 마을 길을 돈다. 골목을 돌고 샛길을 달리고 밭두렁과 바닷가를 질주한다. 마지막에는 산 아래에 자전거를 매어두고 등산로를 오른다. 정상에서 마을을 한참 내려다보다 온다. 그렇게 아침에 한 바퀴 돌고 저녁에는 거꾸로 돈다.

예지 씨 집이 없어졌다는 말은 오래전에 들었다. 어느 날 동네를 한 바퀴 돌고 와보니 흔적도 없이 사라졌다고 한다. 예지 씨는 하루 정도는 망연자실 빈터에 앉아 있었지만 다음 날에는 다시 자전거를 끌고 마을 길을 돌았다. 지금은 빈 터에 천막 하나 치고 살고 있다고 들었다.

마을 사람들은 위로하면서도 뒤에서는 자업자득이라며 흠을 잡았다.

'그렇게 밖을 싸돌아다니는데 집이 자리에 붙어 있겠나……'

왜 그러는지 모를 일이다. 예지 씨 같은 사람이 없다면 여기처럼 사람 많이 안 사는 동네 길은 금방 사라질 텐데. 그러면 우리는 오도 가도 못하고 고립되고 말 텐데.

자기 다짐 같은 말이지 싶다. 나는 그 사람처럼 돌아다니지 않겠노라고. 나는 현명하니 집에 틀어박혀서 내 재산이나 지키겠다고.

*

세상의 용량이 부족해진 지는 오래되었다.

거리마다 세워진 전광판에서는 실시간으로 데이터 잔량 주의보와 경보를 띄운다. 경보가 뜬 지역은 지자체에서 집에 붙어 있으라고 권유한다. 그런 날에는 뭐가 없어질지 모르니 자기 물건이나마 알아서 지키라는 뜻이다. 가족과 함께 있으라고도 한다. 잔량이 정말 부족하면 사람도 실종된다는 말도 돈다.

이렇게 되리라는 경고는 전부터 있었다. 인간의 활동은 늘 쓰레기와 엔트로피를 양산한다. 디지털 세계인 이곳이라고 다르지 않다.

데이터 과학자들은 이미 회복할 수 있는 선은 넘어섰고, 우리가 할 수 있는 일은 단지 종말의 시계를 늦추는 것뿐이라고 한다. 그 와중에도 대기업은 광고를 쏟아내고 신제품을 시장에 풀어놓는다.

현실에서는 이미 일어난 일이다. 쓰레기와 공해의 임계점을 넘어버린 인류는 마인드 업로딩을 통해 이 가상현실로 이주하기 시작했다. 예정된 종말을 맞이하느니 다음 세대를 위해 한 세대만 지구를 비워놓자는 운동이었다. 처음에는 거부하던 사람들도 한번 물꼬를 트니 우르르 몰려와 정착했다. 가상현실은 자원과 재화로 넘쳐났고 공해도 부동산 걱정도 없었다.

하지만 이 안에서도 쓰레기 데이터는 쌓였고 무한해 보였던 서버 용량도 다 차고 말았다.

관리국에서는 결단을 내렸다. 합리적인 결단이었다. 민주적이기도 했다.

「쓰지 않는 것부터 줄여가겠습니다.」

듣지 않는 음반, 읽지 않는 책, 사람이 지나다니지 않는 길,

가치 없는 것들, 사람이 살지 않는 마을까지. 우리 세계는 이제 철저히 효율성의 원칙에 의해 재정비되고 있다.

쓰지 않는 물건은 사라진다. 인적이 드문 장소는 없어진다. 때로는 산이나 개울이 없어지고 어느 날에는 마을 하나가 통째로 자취를 감춘다.

그러니 사라지지 않기를 바라는 것이 있다면 계속 쓰거나 지켜보아야 한다. 양자역학의 원리를 빌려 말하자면, 모든 것이 확률적으로 존재하여 관찰로 고정해야 하는 셈이려나.

*

해가 뉘엿뉘엿 질 즈음에 나는 통장이며 도장이며 신분증이며, 없어지면 안 될 것들을 배낭에 쑤셔 넣고 너럭바위로 향했다.

너럭바위는 마을 근처 바닷가에 자리한, 길이 5킬로미터에 너비가 3킬로미터쯤 되는 큰 바위다. 처음 서버 열 때 지형을 무작위로 뿌리며 생겨난 명소 중 하나다. 하지만 이보다 훨씬 더 아름다운 지형도 많다. 이곳은 외지인들이 돈을 내고 찾아오는 종류의 관광지가 아니다. 마을 사람들만 좋아했을 뿐 이름도 없고 보호구역으로 지정되지도 못했다.

바위에는 몇 사람들이 와서 앉아 있었다. 예지 씨도 그 가운데에 있었다.

처음만 해도 쉬운 일이려니 했다. 이 큰 바위를 혼자 다 눈에 담기는 어렵지만 마을 사람들이 힘을 합쳐 같이 본다면 지킬 수 있지 않겠느냐고 했다. 아름다운 자연을 못 볼 것 같으면 뭐 하러 힘들게 여기로 이주해 왔겠느냐고 했다. 그때만 해도 다들 사이도 좋았다.

내가 앉으려는데 구석에서 사람들이 싸우는 소리가 들렸다.

"어차피 바위는 없어질 거야!"

우체국 옆에 사는 전씨 아저씨였다. 술에 취했는지 얼굴이 시뻘게져서 고래고래 아우성친다.

"바위는 공간 낭비만 되고 돈도 안 되어! 이거 없애고 관리국에 반환하면 그만큼 데이터 보상이 있다잖아!"

"데이터는 써버리면 그만이에요. 얼마를 받든 그게 얼마나 가겠어요."

보호회 의장이 말리고 있었다. 전씨 아저씨 뒤와 보호회 의장 뒤에는 사람들이 패가 나뉘어 팔짱을 끼고 대치하고 있었다.

"어제는 우리 집 식탁이 날아갔다고! 식탁이 없으면 밥은 어디서 먹으라는 거야?"

"식탁은 또 어디서 구할 수 있잖아요. 하지만 바위는 사라지면 다시는 생겨나지 않아요."

"식탁이 내 데이터야. 이 바위가 아니라!"

전씨 아저씨는 미워죽겠다는 듯이 바위를 발로 콱콱 밟았다.

"이럴 시간에 자기 집 마당에 있는 돌멩이 하나라도 지키란 말여! 이렇게 나돌아다니는 동안 집 홀랑 날아가면 누가 책임져줄 거야! 갑시다! 가요! 쓸데없는 짓들 말고 제 데이터나 지켜! 어차피 이놈의 바위! 결국 없어진다고!"

분위기가 심상찮아서 쭈뼛대는데 저 멀리 앉아 있던 예지 씨가 나더러 오라고 손짓했다. 나는 눈치를 보며 그 옆에 앉았다.

"프락치가 있다는 소문을 들었어요……."

예지 씨가 내 귀에 대고 속삭였다.

"프락치요?"

"관리국에서 보낸 사람이 숨어들어 와서 몇 사람에게 데이터를 쥐여주며 꼬신대요. 집회를 그만두게 하면 그 몇 배로 준다고요."

나는 제자리에서 열심히 뜀뛰기, 재주넘기를 하며 펄펄 뛰는 전씨 아저씨를 힐끗 보았다. 말끝마다 '내 데이터!' '내 데이터!' 하는데, 속내를 숨길 요령도 별로 없는 사람이었다.

"그러겠지요. 관리국은 전문가인데 우리 같은 평범한 사람들이 어떻게 당해내겠어요."

건넛마을에서도 우리처럼 마을 사람들이 큰 나무 하나 지켜보자고 한 적이 있다. 거기도 처음에는 다들 사이가 좋았다고 들었다.

몇 해 지나자 이상스레 다툼이 많아졌다. 사람들이 둘로 갈라져 서로 흉보기 시작하고, 그러다 점점 원수처럼 악다구니를 썼다. 남은 사람도 싸움에 질리고 지쳐 하나둘 흩어지더니 마지막에는 한 명만 남았다고 했다. 그 사람은 혼자 나무 앞에 천막을 치고 지켰다. 그러다 어느 날 몸에 데이터 교란이 와서 앓아누웠는데, 다음 날 가보니 나무는 흔적도 없이 사라졌다고 한다.

그 사람 거기서 그렇게 울었단다. 본인 잘못도 아닌데…….

분위기가 험악해지자 사람들이 하나둘 자리를 뜨기 시작했다. 말마따나 손에 뭐 떨어지는 것도 없는 일인데 얼굴 붉혀가며 자리 지키고 싶은 사람이 누가 있겠나.

밤이 깊어지자 바위에는 예지 씨와 나만 남았다. 나는 손을 비비며 바위를 바라보았다. 날이 으슬으슬했다. 관리국에서 집회 장소에 일부러 강풍이나 비바람을 내려보낸다는 소문도 있다.

"바위는 못 지킬 거예요."

내가 예지 씨에게 속삭였다.

"그렇게 생각하지 않아요?"

"네, 저도 그럴 것 같아요."

예지 씨가 답했다. 그 말을 듣자 반가웠다. 나는 기쁜 마음으로 엉덩이를 움찔움찔하며 일어나려 했다. 돌아가는 길에 따듯한 커피라도 사서 예지 씨와 나눠 먹을 생각이었다.

그런데 예지 씨는 그대로 앉아 있었다. 바위를 바라볼 뿐이었다. 끼룩끼룩 울며 날아다니는 갈매기며 하얗게 부서지는 거품을.

"못 지킬 것 같다고 안 했어요?"

"네, 그럴 것 같아요."

나는 다시 움찔움찔했고 예지 씨는 그대로 있었다.

"못……."

"네."

"모……."

"넵."

그래서 나는 도로 자리에 앉았다. 예지 씨가 내 어깨에 고개를 기댔다. 나는 잠시 뻣뻣해졌다가 슬근슬근 몸을 붙이며 같이 기대었다.

바람이 불었고 갈매기가 끼루룩 울었다. 파도가 부서져 우리 발치까지 부글거리는 거품을 흘려보냈다가 물러났다. 별은 보석처럼 반짝였고 구름이 달에 드리워 황금빛으로 빛났다. 바다에 비친 달이 물결에 금싸라기처럼 부서졌다. 나는 그 모두를 눈에 담았다. 옆에 기대앉은 예지 씨와 함께.

아름다웠다. 내 말은, 풍경이 말이지. 뭐 어쨌든.

# 껍데기뿐이라도 좋으니

냉장고는 텅 비어 있었다. 먹을 것이 동이 났다든가 오래된 냉기에서 쿼쿼한 냄새만 난다든가 그런 뜻이 아니었다. 내벽이 잘 갈린 칼로 뚝 썰어낸 두부처럼 미끈했다. 영화 소품처럼 안이 휑했다. 나는 딴청을 피우며 슬슬 냉장고 문을 닫았다가 누구 놀라게 하려는 모양새로 확 도로 열어젖혔다. 이번에는 멀쩡한 냉장고가 시침 뚝 떼고 들어앉아 있었다. 시큼한 냄새가 나는 김치통이며 해찬들된장과 통통하게 물오른 싱싱한 애호박이며, 코카콜라 캔과 달걀이며.

'밥을 먹을 수 있을까.'

나는 냉장고 안을 기웃거리며 무슨 대단한 일이라도 작정한 사람처럼 생각했다. 물론 진짜 할 일은 따로 있었지만.

창밖에는 비가 주룩주룩 내렸다. 마당은 샛노란 민들레로 화사했고 산등성이에는 매화가 소복했다. 굵은 빗방울이 창을 두들겨대어 시야가 흐릿했다. 창턱에는 누가 꽂아두었는지 손가락만 한 꽃병에 민들레가 한 송이 꽂혀 있었다. 나갈 마음은 조금도 들지 않았다.

나갈 마음은 들지 않았다…….

나는 방 안을 둘러보았다. 아늑한 산장이다. 나무로 짠 벽과 가구가 백열등 빛을 받아 주홍빛으로 물들어 있었다. 언제였던가, 시시한 그림을 그린다는 핑계로 화구를 바리바리 싸 들고 산길을 올라와서 한 달쯤 책이나 보며 빈둥대다 내려간 곳이다. 언젠가 꼭 다시 오리라 다짐했는데, 사는 데 치여 다시는 오지 못했다.

나는 누비이불과 베개가 풍성하게 얹힌 침대에 누워 손발을 꼬물거리다가, 가죽 소파에 앉아 그을음 가득한 벽난로에서 타닥타닥 타는 불을 한동안 바라보았다. 가죽 소파에는 인디언식 자수를 박은 담요가 드리워져 있었고 손이 닿는 곳에 놓인 작은 책장에는 오래된 양장 책이 있었다. 탁자에는 어울리지 않게 가정용 팩스 기기가 덩그러니 놓여 있다.

나는 혹시나 싶어 팩스를 조심스레 들어 안을 살폈다. 역시나 겉보기만 그럴듯한 가짜 모형이다. 안쪽은 풀을 바른 종이로 만든 듯 미끈했다.

나는 책장에서 책을 한 권 집어 들어 몇 장 넘겨보았다. 글자 하나 없는 백지였다. 나는 잠시 눈을 감고 한숨을 푸욱 쉬었다가 이번에는 눈에 힘을 꾹 주고 한 장 한 장 꼼꼼히 넘겼다. 그러자 종이 위로 허둥대듯 글자가 나타났다. 여전히 문제는 있었다. 표지는 《이상한 나라의 앨리스》였는데, 내용은 《피터 래빗》이었다. 마치 누가 바삐 내용을 채워 넣느라 대충 아무 이야기나 쑤셔 넣은 것처럼. 앨리스는 뒤늦게 나타나 이야기에 스며들었다. 책은 피터 래빗이 몽실몽실한 꼬리를 흔들며 트럼프 카드를 던져 붉은 여왕과 싸우는 장면에서 뚝 끊기듯이 중단되었다. 다른 책도 펴 보니 모두 백지였다. 나는 빈 종이를 한참 노려보다 포기하고 푸념했다.

"싼 집을 샀나 보네……."

그러자 아래층 계단에서 누가 올라오며 대꾸했다.

"이만하면 가성비 좋은데, 왜."

다른 사람이 있으리라는 생각을 깜박 놓쳤기에 잠시 얼어붙은 채 계단을 올라오는 사람을 보았다. 미주였다. 중학생 때 사고 난 이래 못 봤는데. 어쩜 그간 하나도 안 변했을까. 발그레하니 통통한 뺨이며 부분 염색으로 멋을 낸 머리며, 너절한 박스티에 청바지 차림새며. 미주는 막 따서 거품이 조금 올라오는 코카콜라 캔을 맥주 캔처럼 들고 건들건들 다가왔다.

"뭐 문제 있어?"

미주는 손가락을 적시는 코카콜라 거품을 쪽쪽 빨며 물었다. 엊저녁에 헤어진 듯한 친근한 태도에 오랜만이라든가 반갑다는 인사를 할 기분도 사라지고 말았다. 나는 책을 흔들며 말했다.

"껍데기뿐이야."

말하고 나니 왠지 그럴듯한 대사였다. 나는 연극 배우처럼 한껏 감정을 넣어 말했다.

"모두 껍데기밖에 남지 않았어."

미주는 내게 바싹 몸을 붙이고는 책을 빼앗아 들더니 책장을 휘리릭 넘겼다. 맞붙은 살에서 눅진한 체취가 느껴졌다. 미주는 책에서 글자 가루가 떨어지기라도 할 듯 높이 쳐들어 탈탈 털었다.

"용량이 부족해서일 거야."

미주가 말했다.

"겉보기만 그럴듯하게 해놨네. 이런 데까지 와서 누가 책을 보겠나 했겠지."

"책만이라면 다행이겠지만."

나는 팩스 기기를 뒤집어 보였다. 미주는 '아이고, 그건 너무했다' 하고 제 머리를 톡톡 쳤다.

"실상 언니 이거 쓰러 여기 왔을 텐데."

"그러니까."

"일단 껍데기만 만들어두었다가 '여기 뭐가 있어야 하는데……' 하고 생각하다 보면 서버에서 필요한 데이터를 그때그때 불러올 거야. 스마트폰에서 앱 실행할 때만 데이터 불러오는 것처럼. 가능한 시각적으로 상상하면서 노려보다 보면 안이 채워질 거야."

미주는 껍질뿐인 팩스 기기를 두루마리 휴지처럼 양손에 끼우고 빙빙 돌리며 말했다.

"그렇게 한 곳이 정교해지면 다른 곳은 또 성글어지겠지만."

미주가 눈을 부릅뜨고 팩스 안쪽을 노려보는 동안 나는 문득 천장을 보았다. 천장은 붓으로 대충 색만 칠한 듯 흐릿했다. 마치 내가 거기까지 볼 줄은 몰라서 굳이 채워 넣지 않았다는 듯이. 가만 보자니 해상도가 천천히 높아지면서 나뭇결이며 거미줄이며 뽀얗게 뭉친 먼지 같은 것이 귀찮은 듯 주섬주섬 자리를 잡았다.

"팩스는 내가 만들어볼게. 또 필요한 것 있어?"

미주는 모습도 말투도 행동거지도 미주 같았지만 하는 말은 그렇지 않았다. 꼭 손님 맞는 산장 주인 아니면 이 집 사용 설명서처럼 떠든다. 미주의 껍데기만 씌운 것처럼. 겉보기만 그럴듯하게 만든 것처럼. 새삼스러울 건 없었지만.

나는 창밖을 내다보았다. 주룩주룩 쏟아지는 빗줄기에 시야는 흐릿했고 유리창에는 물방울이 몽글몽글 맺혀 있었다. 나갈 마음은 없었다……. 이 마음의 고립 또한 내 의지는 아니라는 기분이 불현듯 들었다. 충동적으로 문이라도 벌컥 열고 나갔다간 실체가 구현되지 않은 공간에서 무슨 오류가 날지 모르는 일이니.

"밥……."

나는 빗줄기에 시선을 꽂은 채 무심히 말했다.

"밥?"

"밥 먹을 수 있을까?"

가스레인지를 구현하는 데에는 제법 시간이 걸렸다. 전지를 끼우는 자리는 바로 나타났지만 점화 히터와 가스도관은 한참 걸렸다. 머리를 맞대고, "이쪽에서 불이 나오니까, 가스관이 여기서 이쪽으로……", "불이 붙으려면 배선이 여기서 여기로……" 하며 궁리하노라면, 내부 배선이 자기도 헷갈리는 듯 여기 붙었다 저기 붙었다 했다.

"생활용품 몇 개는 안을 뜯어보고 공부해 올걸 그랬나 보네."

내가 가스레인지 상판을 닫으며 말했다.

"그보다는 재료가 걱정이야."

미주는 애호박을 코에 대고 킁킁 냄새를 맡으며 말했다.

"요리라는 게 화학 작용의 결정체잖아. 분자구조까지 구현해야 할 텐데, 한국 음식은 발효가 기본인 데다가 그 발효 식품의 갖은 조합으로 맛을 내잖아. 될까?"

"여기 온 사람 누구든 밥은 먹고 싶어 했다면 그래도 축적 데이터가 있지 않을까?"

애호박은 처음에 썰었을 땐 단면이 미끈했다. 플라스틱 모형처럼 안이 밋밋했다. 내가 어린애를 혼내듯 애호박을 톡톡 치며 째려보자 서서히 촉촉한 속내며 몽글몽글한 씨방이 나타났다.

싱크대를 몇 번 열었다 닫아보니 어두침침한 안쪽에서 국간장에 식용유며 굵은소금이며, 반쯤 쓰다 남은 튀김가루 봉지가 늦잠 자다 출근하듯이 느릿느릿 모습을 드러내었다.

"튀김, 튀김 좋다."

미주가 튀김가루 봉지를 흔들며 팔짝팔짝 뛰었다. 봉지는 가까이서 봐도 조리법이나 성분표가 흐릿했다.

냄비에서 밥이 끓었다. 국이 보글거리자 애호박이 둥실 떠올랐다. 나는 밥그릇에 밥을 소복하게 담고 삶은 달걀 튀김을 그릇에 얹어 상을 차리고는 미주와 함께 신나게 된장국을 한 입 떠 넣었다. 텁텁하고 진한 떫은맛이 입안에 확 퍼졌다. 미주와 나는 동시에 입을 막았다.

'이 맛이 아닌데.'
하고 생각하자 서서히 구수한 향이 퍼져 혀에 감겼다. 미주가 밥을 한술 크게 떠 입안 가득히 넣고 우물우물하며 말했다.

"서버에서 바로 입맛을 조정해줬나 봐. 이러면 어떻게 요리하든 상관없지 않았을까?"

"그래도 요리하지 않았으면 상상할 수 없었을 거야."

"그랬을지도."

배가 차니 모든 것이 다 괜찮게 느껴졌다. 세상이 다 껍데기만 남은 것까지도.

우리는 다음에는 라디오를 실체화해서 음악 방송을 틀었다. 디제이나 앵커는 없었지만 '마음이 평온해지는 음악.mp3' 계열일 듯한 은은한 음악이 흘러나왔다. 나는 탁자를 치우고 소파를 등받이 삼아 미주와 함께 담요를 둘둘 말고 모닥불 앞에 나란히 앉았다. 모닥불에 장작을 몇 개 던져 넣어보았는데, 장작더미는 줄지 않고 도로 원래 높이로 돌아갔다. 줄어드는 모양을 구현하는 것이 더 부하가 걸리려니 했다. 어쨌든 불은 마음껏 지필 수 있겠다 싶었다.

미주가 팩스를 제작하는 동안 나는 아까 읽던 《피터 래빗의 앨리스》(……라고 불러야 할 듯한 책) 뒷부분에 집중하며 결말을 만들어갔다.

"정말 여기서 책을 보는 사람도 다 있잖아."

미주가 이마의 땀을 닦으면서 겨우 안을 채워놓은 팩스를 탁자에 올려두며 말했다.

"아직 다 못 읽었으니까……."

나는 피터 래빗이 잠에서 깬 앨리스의 손을 잡고 즐겁게 언니와 함께 집으로 돌아가는 마지막 문장을 다 보고야 책을 덮었다. 이제는 할 일을 해야지.

나는 모닥불 그림자가 흔들흔들 얹히는 종이를 무릎에 얹고 내용을 골몰했다. 어쨌든 나는 명목상 이 문서 한 장을 쓰러 이곳에 왔으니.

"돈 많은 사람들은 바닷가 같은 데 있지 않을까……."

내가 연필을 손가락 사이에서 빙글빙글 돌리며 중얼거렸다.

"맑은 하늘에 햇살이 비치고 파도가 모래사장에 거품을 내며 부서지고 야자수 사이에 해먹이 드리워져 있고 열대과실이 있는 뭐 그런 데 말이지."

"너무 먼 풍경은 멀미 난대. 해상도가 낮다더라고."

미주는 내 무릎을 베고 누워 스마트폰을 두드리며 말했다. 스마트폰도 당연하지만 껍데기뿐이었다. 메신저 화면을 스티커로 붙인 플라스틱이다. 미주는 클릭도 안 되는 화면을 토닥이며 기분만 내고 있었다.

"그런데 이 집도 좋아. 아늑하니 잘 만들었어. 미리 데이터

짜서 신청해둔 거지? 적은 용량에 이만하면 예쁘게 잘 구현했어. 진짜 싼 집은 아무것도 없는 하얀 쪽방도 있대."

"아, 그건 좀 싫겠다."

"웬걸, 일도 안 해도 되고 더는 아프지도 않고 종일 쉬는 것만으로도 좋다는 사람도 봤어."

삶이란.

내가 고뇌하는 소설가처럼 구긴 종이를 한 아름 생산하는 동안 미주는 내 무릎에 기대 코카콜라를 쪽쪽 빨며 구운 쥐포를 마요네즈에 찍어 우물거리다 물었다.

"그런데, 왜 나야?"

"응?"

"왜 여기 안내인으로 나를 택했어?"

미주는 내 무릎과 배 사이에 얼굴을 푹 파묻고 초롱초롱한 눈을 하고는 두 발을 좌우로 치대며 물었다. 나는 기껏 다 써가는 문서가 구겨지지 않도록 높이 들어 피하며 답했다.

"딱 한 사람만 볼 수 있다고 했으니까. 용량 때문에……."

그 말을 들은 미주는 활짝 웃으며 내 배에 얼굴을 부볐다.

"그건 내가 젤루 보고 싶었다는 마아알? 귀여운데에에, 언니이."

"산 사람을 여기 넣을 수도 없다고 들었고."

그 말에 미주는 동작을 멈추고 나를 물끄러미 올려다보았다. 부끄러워 열어보지 않기로 약조한 상자를 내가 확 열어젖히기라도 한 것처럼.

그게 규칙이다.

아무리 인격을 데이터화할 수 있는 시대라 해도.

생명과 죽음을 모독하지 않기 위해.

오직 죽은 사람의 인격만 데이터화할 수 있다.

법적인 문제를 위해서만, 아주 잠깐만.

이를테면 지금 나처럼, 유언도 못 남기고 갑작스레 죽은 사람은 이 전자 납골당에 들어와 유서를 쓰는 동안 머물 수 있다. 자기가 원하는 대로 집을 꾸며서. 가격에 따라 구현 정도가 다르기는 해도.

여기서 한 사람 정도는 불러 만날 수 있다. 죽은 사람이 혼자 외롭지 않도록. 무엇을 할지 몰라 우왕좌왕하지 않도록. 그러면서도 옆에 있는 사람이 낯설어 겁먹거나 불편하지 않도록. 그렇게 납골당 운영자 AI에게도 한 명쯤 인격을 씌울 수 있다. 마찬가지로 이미 죽은 사람의 인격만을.

“언니는 나랑 달리 오래 살았잖아.”

어린 날 떠나보낸 내 동생이 말했다.

“그간 떠나보낸 사람도 많았을 텐데. 그래도 내가 제일 보고 싶었어?”

"그래."

나는 중학생 시절에서 조금도 변하지 않은 네 얼굴을 만지작거렸다.

"너를 제일 만나고 싶었어."

네가 급작스럽게 갔기에.

그래서 너의 이야기에는 결말이 없었기에.

연재하다가 결정적인 순간에 갑자기 중단된 소설처럼, 문장 중간에 뚝 끊긴 말처럼, 하다 만 대화처럼. 나는 다음에 뭔가 이야기가 더 있어야 하는데, 있어야 하는데, 하는 생각 속에서 남은 삶을 살았다.

나는 오랫동안 네가 다시 살기를 바랐고 네가 살 수 있었을 모든 다른 경로를 반추했고, 어느 시점에서는 그저 다른 결말을 빌었다. 소설 속의 등장인물이라면 마땅히 갖는 누구나 납득할 만한 결말을.

그리 행복하지 않아도 좋으니. 이상적이지 않아도 좋으니. '아, 그렇게 마무리된다면 이야기가 더 이어지지 않아도 어쩔 수 없지', 싶은, 그런 소소한 결말을.

"내가 진짜가 아니라도?"

미주가 물었다.

"그냥 운영자 AI에 동생의 인격을 덮어씌워서, 겉보기만 그럴듯해 보이는 가짜라도?"

운영자 주제에 별소리를 다 하네. 하지만 딱 미주가 할 법한 말이었다. 늘 혈기에 넘쳐 솔직하게 다 까발리고는 난 바보야, 하고 이불을 팡팡 차곤 했지.

"나도 마찬가지인데 뭐."

내 이야기도 뚝 끊긴 채로 끝이 났다. 많은 사람의 삶이 그렇듯이. 인생은 참 소설 같지 않더라. 나는 늘 입버릇처럼 내 방, 내 침대에서 종결을 맞고 싶다고 했다. 그런데 그게 참 쉽지 않더라. 나는 유행하는 바이러스 감염원으로 취급받아, 약품 냄새가 진동하는 병원에 홀로 갇혀 있다가 중환자실에서 기계와 모니터가 삑삑거리는 소리와 함께, 낯모르는 의사와 간호사에게 둘러싸여 고독하게 종결을 맞았다.

"그래도 너를 보니 좋아."

"나도 언니를 만나니 좋아."

"그러면 됐지."

미주는 내 품에 얼굴을 파묻었다.

나는 내가, 정확히 말하자면 이 AI에 덮어 씌워진 인격의 주인이 원했을 법한 유언을 최선을 다해 자세히 썼다. 아이들이 잘 모르는 곳에 숨겨둔 귀중품 위치를 적었다. 찬장 깊이 숨겨두었던 귀한 술은 탐내던 친구에게, 책과 옷가지는 전에 보아둔 곳에 기부하는 식으로 꼼꼼히 배분했다.

병원에 입원하면서 아이들이 사랑…… 어쩌고 할 때 몸서리를 치며 손발 오그라드니 그런 건 갔다 와서 말하자고 했었다. 그래서 나는 그 이야기의 결말도 지어야 했다. 나는 사랑한다는 말을 유서 마지막에 덧붙였다. 그때 퇴원하면 아이들과 그간 못 갔던 여행도 실컷 하기로 했었다. 어릴 때 한 번 가고 다시 못 간 예쁜 산장이 있는데 거기 가서 꽃구경도 맘껏 하자고 했다. 그래서 나는 그 이야기의 결말도 짓기 위해 여기를 그 산장처럼 꾸몄다. 비록 모든 것이 겉보기만 그럴듯하다 해도…….

나는 미주와 함께 누비이불을 같이 뒤집어쓰고 침대에 나란히 누워, 팩스가 위잉 소리를 내며 종이를 삼키는 모습을 보았다.

"아직 여기 초기화되려면 시간이 좀 남았는데, 더 하고 싶은 것 있어?"

미주가 말했다. 나는 턱을 고이며 생각에 잠겼다.

"음, 잘 수 있을까?"

미주는 그 말에 눈을 동그랗게 떴다. 내가 또 엄청난 제안을 한 모양이었다.

"잔다……, 잔다, 가능할까? 서버를 내리거나 전원을 끄는 게 아니지? 정말로 이 침대에 누워서 자자는 거지? 쌕쌕 숨도 쉬고 이불을 끌어안고 뒤척이면서? 잠꼬대하거나 코도 골면서?"

"그래, 가능할까?"

나는 폭신한 베개를 끌어안고 새로운 모험이라도 하는 기분으로 미주와 얼굴을 맞대고 누웠다.

"까짓거, 해보지 뭐."

미주는 내게 답삭 안기며 엎드렸다.

봄비가 창을 두드렸다. 흐릿한 하늘에서 쏟아진 빗방울이 창에 맺혔다. 창턱에 놓인 민들레는 골똘히 쳐다보지 않아도 샛노라니 선명했다.

내가 미주에게 집중하니 주변이 물먹은 종이처럼 흐릿해져갔다. 집 안의 다른 불필요한 부분은 지우고, 남은 용량을 그러모아 미주의 실체를 분명히 한다. 네 눈빛, 코와 입술, 너의 머리카락. 피부의 잔털이며, 졸음이 오는 듯 느려지는 숨소리며 내 살에 와 닿는 네 따듯한 숨결이며, 네 편안한 미소며.

늘 바라마지않았다. 이런 풍경이 너의 결말이기를.

같이 맛있는 식사를 하고 수다를 떨고, 따듯하고 폭신한 곳에 편히 누워 고요함 속에서 이야기가 마무리되기를. 너의 결말이 안온함 가운데 찾아오기를. 그렇게 뚝 끊긴 너의 이야기에 내가 지금 만든 이 작은 결말을 덧붙이는 것으로 위로받을 수 있기를. 그렇게 너의 새 결말을 같이하는 것으로 또한 내 이야기를 다시 마무리하기를. 내가 그랬다는 사실을 아는 것으로 내 남은 아이들도 위로받기를. 너와 나의 이야기가 이렇게 끝을 맺기를.

비록 겉보기만 그럴듯하다 할지라도…….

# 느슨하게 동일한 그대

공항이 난리가 났다. 전송되었어야 할 사람이 나오지 않아서였다. 통신원이 사색이 되어 여기저기 전화를 걸었다. 사람들이 허둥거렸고 비상벨이 시끄럽게 울렸다. 직원들이 허겁지겁 오갔다. 이미 나온 사람들도 상황을 몰라 서로를 꼭 껴안고 있었다. 아이들은 어른들의 겁에 질린 표정에 놀라 울음을 터뜨렸다. 나는 그 앞에서 넋을 놓은 채 왼 손목을 꼭 쥐고 서 있었다.

그때 내 머릿속에 떠오른 생각은 하나뿐이었다. 내 목숨은 내 것이라 하찮으니, 중요한 것은 그대의 생명이니.

*

"수녀님이시면 사망하셨네요."

그것이 두 달 전, 권현수가 내게 건넨 첫인사였다.

인천공항 대합실은 신원을 확인하거나 응급 환자를 찾는 소리로 북새통이었다. 나는 장난감 같은 책걸상에 몸을 욱여넣은 채 바들바들 떨리는 손으로 서류를 작성하던 참이었다. 적십자 상담원이 서류 빈칸을 하나하나 형광펜으로 표시하는 동안 나는 손때가 묻어 반들반들한 묵주 알을 한 손으로 굴리고 있었다. 그 여자는 '이제 와 저희 죽을 때'라고 암송할 때 끼어들었다.

"그렇죠? 영혼을 믿으시니까요."

꼭 '어머나, 풍수를 믿으세요?' 아니면 '사주 믿으세요?' 하는 듯한 말투였다. 네가 믿는 것이 무엇이든, 신앙은 헛된 것이며 이 첨단 과학 시대에 그런 비합리적인 일에 종사하는 것만으로도 조롱받아 마땅하다는 듯이. 상대가 무신론자인 줄은 말을 섞지 않아도 알 수 있었다. 그 사람은 조금 전 콧노래를 부르며 전송기에서 나왔으니까.

나이는 내 또래로, 30대 초중반으로 보이는 여자였다. 아마존 밀림에라도 다녀왔는지 제 몸집만 한 배낭을 멘 작업복 차림이었고, 피부는 타서 거무죽죽했고 옷에는 진흙이며 나뭇잎 같은 것이 말라붙어 있었다.

"아니요, 엄밀히 말하면 사망한 사람은 이전의 아가타 수녀지요."

나는 달달 떨면서도 또박또박 말했다.

"저는 저 전송기에서 만들어졌고 아가타 수녀와는 다른 사람이지만 살아 있기는 해요."

권현수는 그거 신선한 설정이라는 듯 열띤 눈을 하고 내게 얼굴을 박을 듯이 들이대었다.

"바티칸에서 새로 정한 교리인가요?"

"처음부터 그랬어요."

"그럼 지금 태어나셨군요! 전송기에서 태어나면 원죄는 어떻게 되나요? 세례성사와 수녀 서원은 취소되나요? 전송기를 엄마라고 불러야겠네요? 저 많은 전송기 중에 누가 엄마인지 헷갈리지 않으려면 번호라도 기억해야겠네요? 가만, 오늘 생일이잖아요? 선물 사다 드릴까요?"

"권현수 씨, 못되게 굴지 말고 꺼져요! 가던 길이나 가요!"

나와 머리를 맞대고 있던 상담사가 권현수를 발로 차는 시늉을 했다. 그 여자는 폴짝 뛰어 발길을 슬쩍 피하고는 싱글싱글 웃으며 다른 전송기로 걸어갔다.

권현수가 전송기에 서서 손목 피부밑에 심은 바코드를 들이대자 전송기는 투명한 역장에 둘러싸였다. 나는 그 여자가 전송되는 모습을 지켜보았다.

내 기준에서 그 사람은 죽었다. 탄소, 산소, 수소, 그 외의 온갖 미량원소로 분해되어 저장탱크에 담겨 사라졌다. 다시 아무 일 없었다는 듯이 다른 전송기에서 나와보았자 같은 기억과 몸을 가진 다른 사람일 뿐이다.

인도네시아에서 인천공항으로 오던 비행기가 엔진 발화로 추락해 전소했다. 비행기와 그 안에 있던 사람 모두가 잿더미가 되었지만 죽은 사람은 나뿐이었다.

탑승객 중 영혼을 믿는 사람은 나뿐이었으므로.

비행기에 타기 전, 공항에 배웅하러 온 마태오 수사는 주뼛주뼛하더니 내 손에 무엇인가를 꼭 쥐여주었다. 성물 아니면 기도문인가 했다가 소형 스캐너라는 것을 알고는 크게 웃으며 돌려주려고 했다. 그날 공항에 온 사람들 모두가 왈츠를 추듯 몸싸움을 나누는 수녀와 수사를 구경했을 것이다.

"수사님, 저는 하느님의 자녀예요. 전송은 하지 않아요."

"저도 마찬가지예요. 하지만 수녀님한테 무슨 일이라도 생기면 이제 시작한 난민 돌봄 사업은 공중 분해돼요. 마무리 단계인 꽃마을 사업도요. 또……."

"저는 죽는 한이 있어도 주님을 배신하지 않아요."

"그냥 갖고 타세요. 꼭 보험료 타 먹으려고 보험 드는 게 아니잖아요. 수녀님을 위해서가 아니라 수녀님만 보는 사람들이 안심하기 위한 용도예요."

이륙하고 얼마나 지났을까, 엔진에 화재가 발생했다는 방송과 함께 기체가 뒤흔들렸다. 중력이 이리 쏠리고 저리 쏠렸다. 전등이 나갔다 들어왔다 하고 천장에서 노란 산소마스크가 칼에 찔려 비어져 나온 내장처럼 툭툭 떨어졌다.

시끄러운 기장의 안내 방송 사이로 승무원이 의자를 붙들고 이리저리 오갔다. 스캐너를 가진 사람은 스캔하라고 했고 없는 사람은 대여해주겠다고 했다. 허우적대는 손 사이로 이 좌석 저 좌석으로 공용 스캐너가 전달되었다. 스캐너는 그저 블랙박스에 데이터를 저장할 뿐이고, 나중에 재난 현장에서 발견되기를 바랄 수밖에 없는데도.

승무원이 내게 오자 나는 떨리는 손으로 내 스캐너를 보여주었다.

"어서 스캔하세요, 어서!"

승무원은 내가 안전하다고 생각했는지 바로 다른 사람에게로 옮겨 갔다. 옆 좌석에 앉은 사람이 내 스캐너에 시선을 두었다. 나는 그 눈을 보고 공포에 사로잡혔다. 그의 눈에는 생존의 절박함 대신 짜증과 나른함이 깃들어 있었다. 그저 공용 스캐너보다는 개인 스캐너가 더 안전하게 전송할 수 있는 기기다 싶어 탐내는 눈빛이었다.

스캔에는 시간이 걸렸고 나는 마지막까지 취소할지 말지 갈등했다. 뒤에서 화염이 덮치고 숨이 턱 막히고, 주위의 비명에 귀가 멍멍해질 무렵 스캔이 끝났다. 그때 내가 난민 사업을 생각했는지, 아니면 죽음의 공포에 휩싸여 이성을 잃었는지는 지금도 알 수가 없다.

내 기억은 스캐너를 가동한 순간에서 바로 이어진다. 하지만 비행기에 남은 한예림 아가타는 그 뒤에도 조금 더 살았을 것이다. 몇 분, 어쩌면 몇 초. 그새 그 사람이 어떤 공포와 고통에 휩싸여 마지막을 맞이했을지 나는 모른다. 그건 내가 영영 모를 지난 생의 기억이므로.

*

원자는 예전부터 전송할 수 있었다. 하지만 그것조차 물질을 전송하는 것은 아니었다. 전송되는 것은 정보다. 모든 원자는 완벽하게 같으므로, 원래의 물질을 스캔하고 다른 곳에서 만든 뒤 원본을 없애면 물질이 이동한 것이나 다름없다고 보는 것이다. 컴퓨터의 Ctrl+X, Ctrl+V와 원리가 같다.

그보다 큰 물체의 전송도 원리는 같다. 한쪽에서 물체의 정보를 스캔해 원소 단위로 분해해서 원자 탱크에 저장한 뒤, 얽힌 양자 다발을 통해 정보를 전송하면 도착지에서 다른 원자 탱크의 원자를 써서 전송받은 설계도대로 물건을 제작한다. 원자는 모두 같으므로 어떤 원자로 제조하든 차이는 없다고 보는 것이다.

예전에 루브르 박물관에서 타국에 명화를 대여할 때 전송기로 전송하면서 화제가 된 적이 있다. 과연 박물관이 막대한 가치의 명화를 파괴하고 모조품을 제작했는가, 아니면 단순히 이쪽에서 저쪽으로 옮겼는가의 논쟁이 한참 불타올랐다. 각국의 감별사가 구름처럼 모여 전송된 명화를 검사한 뒤, 77퍼센트의 감별사가 안료와 종이 재질에 일부 변화가 나타났고, 제작 시기 또한 다르게 추정된다고 발표했다. 미묘한 수치였다.

반박하는 사람들은 명화를 통상의 이동 수단, 말하자면 배편이나 항공편으로 이동해도 그 정도의 변화는 발생할 수 있다고 했다. 물건은 습도, 기온, 광량, 구경하러 온 사람들이 내뿜는 숨결만으로도 닳고 변화한다. 여러 감별사가 우글우글 모여들어 검사하는 통에 오히려 손실이 일어났다는 주장도 있었다.

하지만 낙관주의자들이 아무리 반박해도 한계는 분명했다. 정보를 양자 단위까지 정확히 측정할 수는 없다. 이 말은 지금은 기술이 부족해서 어렵다는 느슨한 뜻이 아니다. 우리 우주에서 영원히 불가능하다. 양자는 너무나 작아서 측정이라는 개입만으로도 상태가 변하기 때문이다.

그래서 오랫동안 생물 전송은 불가하다고 여겨졌다. 생물의 복잡성은 무생물에 비할 바가 아니잖은가.

전송한 생물이 이전과 같은 생물인가의 문제는 명화보다 더 측정하기 어렵다. 생물의 변화는 물건이 습기에 삭고 닳는 것에 비할 바가 아니다. 전송 후 검사하는 사이에 작은 생물은 분열하거나 생식하거나 사망했고, 큰 생물은 먹거나 배설하고 잔 뒤 체내 구조가 변했다.

그러다 놀랍게도 생물이 무생물보다 오히려 전송 안정성이 높다는 주장이 슬금슬금 제기되었다. 생물의 항상성이 변동을 상쇄한다는 것이었다. 말하자면, 생물의 장기 일부가 쇠약해지거나 손실되어도 다른 부분이 이를 보완하는 현상이 전송에서도 나타난다는 것이다. 방사능에 노출된 기계는 금세 고장 나지만 생물은 온갖 면역반응을 보이며 버티는 것처럼.

물론 전송 후에 피로감이나 멀미, 두통, 현기증, 혈압 상승, 발열, 식욕 감퇴 같은 증상이 종종 나타났고, 장기적으로는 암이나 치매 발병을 높인다는 분석도 나왔다. 하지만 결국 같은 거리를 차량이나 비행기로 이동해도 일어날 수 있는 증상으로 분석되었다. 자동차 배기가스와 이산화질소, 비행기를 타는 동안 노출되는 성층권의 방사선도 장기적으로는 문제를 일으킨다.

물론 전송 시 원인 모를 급사가 없는 것은 아니었다. 하지만 아이러니하게도, 그 역시 교통사고나 항공, 선박사고로 죽을 확률보다는 훨씬 낮았다.

중요한 문제는 결국 하나뿐이었다.

영혼은 전송되는가?

알 수 없다. 이 또한 지금은 지식이 부족해 모른다는 느슨한 뜻이 아니다. 아는 것이 불가능하다. 불가지(不可知)의 영역이다. 우리가 영혼을 측정할 수 없기 때문이다. 영혼을 측정할 수 있는 때가 온다면 우리가 아는 문명은 끝나고 신세기가 시작된다고 보아도 좋을 것이다. 영혼은 측정할 수 없으므로 복제하거나 전송할 수 없고, 설사 의도치 않게 성공했다 해도 확인할 도리가 없다.

이런저런 이유로 생물 전송은, 그 무엇보다도 인간의 전송은 오랫동안 금기의 영역이었다. 하지만 어느 내전 중인 나라에서 군대를 전송기로 이동하는 짓을 벌인 뒤에야 인간 전송이 세계적으로 논의되기 시작했다. 보급선과 전선을 제로로 만드는 작전에 도저히 대응할 수 없던 반대 진영도 군대를 전송하기 시작했다. 전쟁의 확산과 장기화로 전송기가 대규모로 생산, 보급되기에 이르렀다.

1세계 국가들은 몇 단계를 거쳤다. 과학자들의 짜깁기 논문 발표, 논문에 대한 언론의 과대 포장과 과잉 해석. 그러다 자신감 넘치는 유물론자들부터 전송을 이용하기 시작했다. 이어 작은 종파에서부터, 신앙이 없는 사람은 전송할 때 죽지만 신앙인은 전송될 때 영혼도 이동한다는 교리가 퍼지기 시작했다. 물론 종파마다 '우리를 믿는' 신앙인만 전송에서 영혼이 유지된다고 주장했다.

그렇게 죽음은 믿음의 문제가 되었다.

*

내가 권현수를 두 번째 만난 것은 상담원이 부모님께서 내 사망신고를 했다고 알려주러 왔을 때였다. 그때 나는 막 공항 구석에 마련된 텐트에서 다른 사람들과 뒤엉켜 자고 있었다. 상담원이 난처해하며 말했다.

"어디서 행정 착오가 있었나 봐요. 부모님께서 생존 연락을 못 받으셨나 봐요. 다시 연락할게요."

"받으셨을 거예요. 하지만 그분들도 저처럼 독실한 신앙인이지요."

상담원의 얼굴에 서늘한 침묵이 내려앉자 나는 까닭 없이 쑥스러워졌다. 부모님은 사고 이후 나를 찾지 않았다. 수녀원장과 신부님들과 마찬가지로. 계율에 따라 나는 죽었다. 부모님들의 자랑스럽고 소중한 딸은 비행기에서 잿더미가 되어 사라졌다. 나는 기계에서 생겨난 낯모르는 타인에 불과했다. 그분들이 전생의 내 소식을 듣고 슬퍼하셨을까, 아니면 딸의 나약한 신앙심을 탓하셨을까. 천국을 걷어찬 어리석음을 책망하셨을까.

"이게 내가 신앙이 싫은 이유예요."

옆을 지나던 권현수가 툭 내뱉었다. 권현수는 에베레스트 산이라도 다녀왔는지 두툼한 방한복을 입고 있었다. 코와 뺨은 발갛게 얼었고 눈썹이며 머리카락에 서리가 내려앉아 있었다.

"가세요, 권현수 씨."

상담사가 돌아보지도 않고 말했다.

"멀쩡한 사람을 죽은 사람으로 만드는 게 그놈의 믿음이라고. 그까짓 게 뭐라고. 수녀님은 살아 있어요. 내 말 잘 들어요. 그냥 비행기 탔다가 내린 거예요. 안 죽었다고요! 궁상맞게 굴지 말고 얼른 집에 돌아가요! 꼴사납게 비장한 척 좀 말라고!"

그 사람은 계속 뭐라 떠들며 전송기로 들어갔고, 내 기준에서는 또 죽었다.

권현수가 내 눈앞에서 분해되는 사이 상담사는 회생 신청을 하라고 서류를 주었다. 내가 신청하지 않겠다고 하자 그렇게 말하는 사람도 많다면서, 기한을 넘겼을 때 작성할 서류를 몇 장 더 주고 갔다.

나는 그렇게 삶과 죽음 사이에 놓였다. 부모님이 사망신고를 하고 내가 회생 신청을 하지 않는 사이, 내 신분은 슈뢰딩거의 고양이처럼, 존재와 비존재를 확률적으로 오가는 양자처럼 유예 상태에 놓였다.

나는 법적으로는 죽었지만, 바티칸에서는 전송기에서 나온 사람을 모두 '새로 태어난' 사람으로 보기에 종교적으로는 살아 있었다. 수녀 신분은 박탈되었고 세례명도 사라졌지만 새 평신도 신분은 생겼고 구호물자는 나왔다. 바티칸에서 새로 세례를 받으라는 공문이 내려와서 공항에 마련된 작은 예배당에서 교리 수업도 새로 받기 시작했다.

공항에는 나 같은 사람들이 더 있었다. 불법 전송자들, 밀입국자들. 평상시처럼 업무 관계로 전송했는데 극단주의자들이 정권을 잡으며 전송이 금지되어 오도 가도 못하게 된 사람들도 있었다. 전송하면 율법을 어긴 죄로 사형된다는데 다른 교통수단으로 돌아갈 방법은 또 없는 사람들이었다. 어느 나라에서인가는 갑자기 여성의 전송을 금하는 바람에(임신 확률이나 태아 안전 같은 문제였다) 휴가 왔다가 졸지에 생이별한 가족들도 있었다. 공항에 구류된 아내와 딸을 위해 계속 공항을 오가며 생필품을 나르는 남편도 있었다.

공항은 이들에게 지하 시설을 내어주고 있었고, 시민단체에서 천막을 쳐서 사생활을 위해 공간을 분리해주었다. 막사 근처에는 여기저기서 날아오는 잡동사니 같은 구호물자가 쌓여 있었고, 이를 분류하는 봉사 로봇도 상주하고 있었다. 나는 상자를 뒤져 담요며 낡은 옷이며 속옷, 핫팩과 생필품을 주워다 쓰며 근근이 지냈다.

그러는 사이 마태오 수사가 난민 사업과 꽃마을 사업의 인수인계 작업을 위해 계속 찾아와주었다. 어느 날은 마태오 수사가 고개를 도리도리 저으며 말했다.

"우린 계속 아랫돌 빼서 윗돌 괴는 말만 하고 있어요. 사실 답은 간단해요. 그냥 이 일을 할 사람이 하나 있어야 해요."

"어떻게든 사람을 구해보셔야지요."

"요즘 세상에 이런 일 할 사람 구하기가 쉽나요. 더 간단한 답이 있잖아요. 아가타 수녀님이 하시면 돼요."

"전 이제 수녀가 아니에요. 수녀 서원을 한 사람은 제가 아니에요."

그 말을 하고 나는 몹시 떨었다. 마태오 수사는 침묵하다가 말했다.

"그러면 그냥 일반인 사회봉사자 한예림이라고 하지요."

"난 그 사람도 아니에요."

"그럼 지금 이름 하나 새로 지읍시다. 어쨌든 수녀…… 아가씨는 살아 계시잖아요. 건강하고 의지도 경험도 있는 좋은 인력이 여기 있는데, 사람 새로 찾을 생각만 하는 우리가 이상하다고 생각하지 않으세요?"

권현수를 세 번째 만난 것은 내가 전송 게이트 앞에 우두커니 서서 상념에 잠겨 있을 무렵이었다.

한때 하나였던 인천공항 전송 게이트는 지금은 스물네 개로 늘어났고 그만큼 비행기 탑승구 수는 줄어들었다.

언젠가 저 하늘에 오가는 비행기가 모두 내려오고, 항공사가 모두 도산하거나 사업 종목을 바꾸고 활주로가 풀꽃과 갈대로 뒤덮이고 나면, 영혼을 믿는 사람은 세상에서 사라지고야 말 것이다. 초대 교황 베드로와 콘스탄티누스 대제, 그 누가 이런 미래를 예측했을까. 루시퍼의 대군이 아니라 교통수단 따위로 사람들의 마음에서 신앙이 말라붙으리라고는.

아니, 어떤 형태로든 신앙은 살아나리라. 세상에 신비가 남아 있는 한은. 단지 영혼의 영원성에 대한 담보를 기반으로 삼는 종교는 소멸해가리라. 사후 세계에서 누릴 영생의 꿈과, 그 꿈으로 구축한 성전도.

지금 내 안에서 말라붙어가듯이.

영혼은 의심할 수 있어도 실존은 의심할 수 없다. 나는 얼마나 오랫동안 서원을 지키고자 내 실존을 부정할 수 있을까?

상념에 빠져 있는데 눈앞의 전송기가 역장으로 둘러싸이며 원자 탱크가 덜덜 떨리기 시작했다. 이 전송기를 빠져나가 다른 곳으로 간 사람들의 분해된 입자를 저장하는 탱크다. 전송기가 전송받은 설계도대로 분자와 원자를 결합하여 사람을 순간 생성하고 있었다. 생성에 쓰는 입자는 물론 본래 본인의 것이 아니라 완전히 낯모르는 사람의 잔해다.

사람들은 어떻게 이 원리를 알면서도 이 기계가 생명을 이어준다고 믿을 수 있을까? 하긴, 제 불멸성에 대한 인간의 확신이야말로 어떤 종교보다도 오래된 믿음이 아니겠는가.

권현수가 전송기에서 콧노래를 흥얼거리며 나왔다. 무슨 민요 같았다. 이번에는 검은 천옷을 머리까지 둘둘 말고 있었다. 사막이라도 다녀온 모양이다. 뜨끈뜨끈한 열기와 함께 모래 향이 났다.

권현수는 나를 의아한 얼굴로 보다가 제가 막 빠져나온 전송기를 엄지로 가리키며 물었다.

"엄마 보러 오셨나요?"

나는 불경한 말을 들은 귀를 정화하러 얼른 성호를 그었다.

"아니면, 방금 죽은 제 전생에 명복을 빌러 오셨나요?"

"일깨워주셔서 고맙군요."

나는 그의 양손을 꼭 쥐고 죽은 영혼을 위한 기도를 암송했다. 천주의 성모여, 모든 천사와 대천사여. 연옥 영혼을 위하여 빌어주소서. 연옥 영혼을 구원하소서.

권현수는 내게 손을 잡힌 채 흥미로워하며 얌전히 기도를 다 들었다.

"그렇게 싫어하면서 어쩌다 전송하셨어요?"

"하던 사업이 있었어요. 인수인계를 해야 했고요. 그것만 다 마치면."

"마치면?"

권현수는 재미있다는 듯 물었다.

"자살하시나요? 자살도 천주교에서는 중죄 아닌가요?"

나는 목구멍에서 맴도는 욕설에 몸서리를 쳤다. 돌아가는 길에 고해성사를 해야겠어. 어차피 할 성사니 조금 더 저주해도 될 듯했다.

"한 주에 몇 번이나 전송하는 거죠?"

내가 물었다.

"왜요, 전송한 숫자만큼 명복을 빌어주시게요?"

이 경박한 무신론자. 주님을 십자가에 매달라던 바리새인이나 신도들을 사자 밥으로 만들던 로마 집정관과 대화하는 것이 이보다는 말이 통하겠다 싶었다.

"수녀님은 태어나서 집 밖으로 몇 걸음이나 나가보셨어요?"

"모르시는군요. 성직자는 한곳에 머물지 않아요. 몇 년 단위로 지역을 옮기죠."

"성당에서 성당으로 가는 거잖아요. 문을 나섰다가 문안으로."

"네, 현수 씨는 가본 적 없는 곳이죠."

내가 당당하게 고개를 쳐들자 권현수는 어이없다는 듯 웃다가 말했다.

"아가타 수녀님, 방금 제 명복을 빌며 기도하신 수녀님도 이제는 존재하지 않아요."

권현수는 내 이마를 손가락으로 쿡 찍으며 말했다.

"수녀님 몸 안에서 지금도 실시간으로 세포가 죽고, 새로 생겨나고, 먹은 것이 소화되면서 분자 재조합을 하고 있고, 먹은 양분의 종류에 따라 체질도 변하고 있으니까요. 전송기를 통과하든 통과하지 않았든 우리는 매 순간 사라져 없어지고 있어요. 우리는 순간이라는 신비 속에 잠시 존재했다 사라지는 허상이며, 그런 의미에서는 실상 존재하지도 않아요. 우리가 일관성 있고 서로 연결된 개체라는 착각은 딱 하나에서 오는 거예요."

권현수는 제 머리를 가리켰다.

"기억이죠. 정보예요. 물질이 아니라 정보가 개체를 이어주는 거예요. 그 연속성도 실상 느슨하지요. 기억마저도 실시간으로 소멸하니까요. 수녀님은 전송하기 전에도 매일매일 이

전의 자신과 다른 존재였어요. 그만 집에 가요. 가족과 친구의 품으로요."

그는 다시 다른 전송기로 들어갔고, 내 기준에서는 또 죽었다.

공항에서 지내는 동안 나는 권현수의 계속되는 죽음과 함께했다. 얼마 지나지 않아 나는 그 사람이 시민단체 '워퍼(waper)'에 속해 있고, 그 본사가 인천공항에 있다는 것을 알게 되었다. 워퍼는 신앙인이나 전송 고위험군, 아니면 단순히 전송을 꺼리는 사람들을 위해 전송 대행을 해주는 단체였고, 하는 일은 주로 교섭이나 협상, 대면 업무였다.

그것이 권현수가 비행기로 지구를 한 바퀴 도는 값에 맞먹는 전송을 그렇게 자주 할 수 있는 이유였다. 권현수는 워퍼 중에서도 유명했다. 부탁받은 곳은 어디든 출동했고, 하루에 두세 번 전송하는 일도 마다하지 않았다. 워퍼들 사이에서도 열 번 연속 전송하면 분자구조가 어긋나 괴물이 된다는 괴담이 돈다던데.

듣자니 그에게는 터울이 긴 동생이 넷 있었고 부모는 없었다. 아버지는 목사였고 어머니는 집사였는데, 선박 전복 사고로 일찍 죽었다고 했다. 그때 충분히 시간이 있었는데도 종교적인 신념에 따라 전송하지 않았다고 한다. 한번은 권현수가 누군가에게 고래고래 따지는 소리를 듣기도 했다.

"아이가 있으면 좀비가 되어도 살아야지, 영혼이 있는지 없는지 따위가 남은 아이들보다 더 중요하느냐고? 제가 천당에 가고 지옥에 가고 하는 따위가, 살아 있는 애들보다 더 중요하느냐고?"

한번은 공항의 워퍼 사무실에서 대중 강의를 들은 적이 있다. 어디까지나 사은품으로 주는 폭신폭신한 새 담요를 얻기 위해서였다. 워퍼 상담원은 열정적인 어조로 세상에서 비행기와 차량이 모두 사라지고 전송기만 남아야 한다고 했고, 그것만이 인류와 자연의 예정된 멸종을 막아주리라고 했다.

"생각해보세요, 우리에게 영혼이 있는지 없는지 고민하는 것보다, 환경 문제가 더 실체가 있지 않아요? 줄어든 차량 하나, 비행 편수 하나, 없어진 도로 하나가 지구를 숨 쉬게 해요. 고전적인 운송 수단을 계속 쓰다간 지구의 생물은 모두 죽어갈 거고 인류도 우리 세대나 다음 세대쯤에 다 끝장이 날 거예요. 전송기가 우리를 죽인다 칩시다, 우리가 사는 것보다는 환경이 사는 게 낫지 않겠어요?"

나는 강의실 구석에서 조용히 성호를 그었다.

내가 권현수와 같이 일하게 된 것은 그 사람의 죽음을 서른세 번쯤은 목격한 뒤였다. 마태오 수사가 도저히 이 일만은 인수인계할 여력이 없다고 고백한 뒤였다.

"아무도 관심 두지 않는 일이에요. 아시잖아요. 맡을 의향이라도 있는 사람은 저밖에 없겠지만 저는 꽃마을 사업만으로도 한계예요."

마태오 수사는 그러니 얼른 나더러 신분을 회복하고 세상으로 돌아오라는 뜻으로 말했겠지만, 나는 공항에서 놀지만 말고 여기서라도 어떻게든 일하라는 뜻으로 받아들였다.

3년 전 있었던 대량 난민 실종 사건이었다. 내전을 피해 탈출한 난민 321명을 브로커가 전송기에 마구잡이로 밀어 넣었는데 도착지에 나온 사람은 35명뿐이었다.

전송은 선박이나 기차에 비하면 훨씬 비쌌지만 긴 여행 중 죽거나 다치거나 중간에 환송되거나 감옥에 갇힐 위험에 비하면 싸게 먹히는 셈이라고들 했다. 전송은 항공에 비해서는 보안이 허술했고 물리적인 경로와는 달리 해킹만으로도 보안을 무력화할 수 있었다.

본래 전송기는 소멸이 시작된 물체는 무슨 수를 쓰든 전송시킨다. 브로커가 쓴 것은 전송기가 아니라 원자분해기였을 것이다. 전송기가 막 생산될 무렵에 같이 개발된 상품이다. 회사는 둘이 같은 기술이라는 사실을 어떻게든 감추려고 새 자회사를 차리고 로고 디자인도 바꾸었다.

예전에는 원자분해 기술을 환경 쓰레기 처리 용도로 쓰려는 움직임도 있었다. 플라스틱은 아무리 분해해도 미세 플라스틱일 뿐이지만 기초 원소 단위까지 해체되면 청정한 물질이 된다. 하지만 결국 어떤 분해 비용도 쓰레기를 단순히 내버리는 비용보다 싸지 않았다. 국제사회에서 간혹 지구의 날 행사로 핵폐기물 분해 의식을 하는 데 쓰는 정도다.

원자분해기에도 마찬가지로 보안 장치가 있다. 누군가가 중요한 증거나 서류를 없애려 하거나 살인이나 안락사의 용도로 쓰지 못하도록, 소각한 물질의 데이터는 반드시 저장하며, 완전 소각을 위해서는 여러 국가 위원으로 구성된 기관의 검증을 거쳐야 한다. 브로커가 국제 규격을 따르지 않는 새 기계를 만들 재간은 없었을 테니 난민들은 어딘가에 보관되어 잠자고 있을 가능성이 높았다.

디스크를 폐기하지도 않았을 것이다. 세상에는 찾아보면 낯모르는 사람을 구하려 돈을 지불하려는 단체나 국가가 어딘가 있기 마련이니까. 미묘하게 양심적인 브로커는 나중에 시침 뚝 떼고 상황이 좋을 때 뒤늦게 전송하기도 한다.

실종된 286명 중 12명이 전송 전에 한국행을 신청했고 내가 맡은 사람들이 그들이었다.

공항에서 난민들과 뒤섞여 지내다 보니 알음알음 대사관 직원과 접촉할 수 있었다. 식사권을 받으러 줄 서다가 말을 붙여보니 직원은 몹시 불편한 어조로 말했다.

"그런 일은 제 소관이 아니에요. 그래도 그런 분야 전문가는 알아요. 뭣하면 소개해드릴까요?"

"감사하지만 저는 공항 밖으로 나갈 수 없어요."

"공항에서 살다시피 하는 분이에요. 마침 저기서 나오네요."

대사관 직원이 전송기를 가리켰다. 거기서 권현수가 콧노래를 흥얼거리며, 남극에라도 다녀왔는지 두툼한 털옷을 입고 얼굴이 새빨갛게 얼어서는 걸어 나왔다. 내가 멍하니 보자니 밝게 웃고는 손을 휘저으며 인사했다.

권현수는 내 작은 막사에 자리 잡고 앉았다. 넷이 쓰기도 넉넉한 공간이라고 생각했는데 그 여자가 널찍하게 자리를 차지하고 나니 나는 거의 구석에 웅크리고 있어야 했다. 현수는 늘어놓은 서류를 한참 눈에 가까이 대고 보더니 말했다.

"제 친구들도 다섯이나 전송 중에 실종되었어요."

나는 깜짝 놀랐다. 관심이 없어서 몰랐는데 의외로 위험한 교통수단이었구나.

"모두 워퍼고 환경운동가들이었고요. 환경운동 하다 보면 전송에 적합하지 않은 몸이 된다는 농담이 떠돌았지요."

"어쩌다 그렇게 되는데요?"

내가 눈을 동그랗게 뜨고 묻자 잠시 어색한 침묵이 감돌았다. 권현수는 헛기침을 했다.

"환경 물질을 대량으로 방출하는 다국적 기업에서 전송기 회사 주식을 무더기로 사들여 결탁한 뒤, 마음에 들지 않는 사람이 전송할 때 출구에서 나오지 못하게 하는 거죠, 물론 증거는 없지만요."

나는 잠시 멍해졌고 정신을 수습하고는 말했다.

"전송이 안 되었으면 바로 재전송돼요."

"보통은 그렇죠. 그런데 이미 전송했다고 믿는 추가 오류가 간혹 일어나요. 우연히도 환경운동가가 전송할 때만 또 유난히 자주."

권현수가 서류를 팔랑팔랑 넘기며 말했다.

"전송은 복제될 위험이 있으면 차라리 소각을 택해요. 전송보다 소멸이 우선이죠. 괴상하지만 그래요. 전송의 최대 금기는 죽음이 아니라 복제거든요. 죽음은 자연스러운 일이지만 복제는 그렇지 않으니까요."

나는 침묵하다가 천천히 입을 열었다.

"역시, 전송기는 사람을 죽이는 거죠."

"아뇨. 아직 전송되어 나오지 않은 거죠."

권현수가 단호하게 반박했다.

"기차가 연착된 것뿐이에요. 기차 안에서는 시간이 흐르지 않고요. 일단 나오기만 하면 본인들에게는 한순간의 일일 거예요. 그저 전송기에서 나왔을 때 내가 눈물을 글썽이는 걸

보겠죠. 내 얼굴을 보고서야 무슨 일이 있었나 보다 짐작하겠지요."

"그런 식으로 생각하는 건가요?"

"'그런 식으로 생각한다'라."

권현수는 내 말을 곱씹으며 나무 상자로 만든 책상에 다리를 떡하니 꼬아 올리며 서류를 팔랑였다.

"이해가 안 되네요. 아가타 수녀님 입장에서 이 열두 명은 죽은 사람들이잖아요. 그럼 왜 굳이 도로 살리려 하는데요?"

"그건 제 생각이지 그 사람들 생각이 아니에요. 그 사람들은 영혼도 믿지 않고 신앙도 없어요. 생명을 고스란히 유지한 채 다음 전송기에서 걸어 나오리라고 굳게 믿고 들어갔다고요. 그러니 살아 있어요. 그러니 나와야 하고요."

내가 고개를 빳빳이 쳐들고 말하자 권현수는 내 눈을 한참 보며 펜대를 빙글빙글 돌렸다.

"신앙이란 어렵네요."

권현수는 팔짱을 끼고 손가락을 까닥까닥하다 도로 서류를 뒤적였다.

"좋아요, 어디까지 했나 봅시다. 전송 비용은 대충 마련되어 있네요. 주말 특별 헌금, 바자회, 손뜨개 수세미 판매, 알뜰살뜰하게도 모으셨네요."

"남 알뜰살뜰한 데 보태준 거 있나요."

"현지에서는 브로커에게서 디스크를 확보하려고 협상 중이군요. 제가 지원하러 가볼 수 있을 거예요. 사실 그 사람들이 어떻게든 우리 땅에 발을 들여놓기만 했다면 난민법에 따라 한국에 책임이 있는데, 이 사람들은 아직 디스크 안에 들어 있단 말이지요. 전송 사고는 이래서 힘들어요. 기존 법이 지원해주지 않거든요. 뭐, 좋아요. 이런 건 끈기 싸움이죠. 수녀님에겐 끈기가 있어 보이니 잘될 거예요."

권현수는 자료를 팔랑팔랑 넘기며 흥얼흥얼 콧노래를 불렀다. 저번에 부르던 노래는 무슨 민요 같더니만, 이번 것은 최신 아이돌 노래 같았다. 권현수는 머리로 쿵짝쿵짝 박자를 맞추며 손짓으로 살짝 춤까지 추었다.

"노래 좋아하시나 봐요."

"동일성 체크예요."

권현수가 흥얼거리며 말했다.

"전송된 뒤에 내가 같은 사람인지 확인하는 거죠. 늘 같은 노래를 불러요."

순간 위화감이 들었다. 의아했다가 소름이 돋았다. 손발이 식었고 머리에는 열이 올랐다. 머리카락이 삐죽이 섰다.

"아무도 말 안 해주던가요?"

"뭘요?"

"현수 씨, 한 번도 같은 노래를 부른 적 없어요."

"에이, 수녀님, 그렇게 안 봤는데 짓궂으시네."

현수는 '우리, 같은 부류군요' 같은 손짓을 하다가 내 표정을 보고는 얼굴이 굳었다. 그리고 한참을 침묵했다. 서류를 책상에 내던지고 벌떡 일어나 천막을 열어 괜히 밖을 보았다.

"괜한 짓을 하고 있었군요."

입으로 뭐라 중얼중얼하는데, 동료들을 욕하는 듯했다. 휴대전화를 꺼내 어디 전화하려는지 거칠게 화면을 두드렸다.

"그렇게 많이 전송하면……"

나는 뭐라 해야 좋을지 몰라 망설이다 겨우 덧붙였다.

"……몸에 나빠요."

"수녀님, 그거 아세요? 담배도 몸에 나빠요. 폐가 썩고 내장에 구멍이 나요. 술도 몸에 나쁘죠. 기억력도 나빠지고 간장도 상하고 당뇨에 치매도 오죠. 달고 기름진 음식도 지방간에 동맥경화에 고혈압을 일으키고요. 과로하거나 제때 안 자도 몸에 독이 쌓이고 건망증도 생겨요. 인간은 전송만큼이나 몸을 망치는 짓을 맨날 하고 살아요."

"그래도 살아 있기는 해요."

나는 그만 참지 못하고 말했다. 그 말에 현수는 어딘가 전화를 걸던 손을 멈추고 신호음이 나던 전화를 뚝 끊었다.

"술 담배 할 때마다 죽는 건 아니라고요. 사람이 자살을 해도 좀 적당히 하자는 생각은 안 해봤어요?"

"자살이라."

권현수는 손 위에서 휴대전화를 몇 번 공중제비 돌리고는 내게 다가와 나무 상자로 만든 책상에 쾅 하고 두 팔을 짚었다.

"수녀님, 살아 있다는 게 대체 뭔데요?"

"신학 교리를 배우고 싶으시면, 공항 성당에 오전 세례반이 있으니……."

"살아 있는 게 그렇게 중요해요?"

나는 엉뚱하기 짝이 없는 말에 아연해졌다.

"생명보다 중요한 게 뭐가 있어요?"

"아녜요. 아녜요, 틀렸어요. 중요한 건 내 생명이 아니에요. 내 생명 같은 건 안 중요해요. 중요한 건 남의 생명이죠."

"뭐라고요?"

"무슨 말인지 모르겠어요? 나는요, 내 가족이 있으니까 존재해요. 나 혼자서는 살아 있어봤자 산 게 아니에요."

나는 입을 다물었다.

"나는요, 내 동생들이 보기에만 살아 있으면 돼요. 내가 지금 좀비면 어때요? 나는 그 애들에게 밥을 먹여주는 대단한 좀비예요. 그럼 이 좀비는 존재해야죠. 내가 살아 있는 게 중요하냐고요? 아뇨, 하나도, 조금도 안 중요해요. 나는요, 가족이 살아 있는 게 세상 무엇보다도 중요해요. 내가 수녀님 말대로 이미 죽었으면 더 그렇지 않겠어요? 어차피 죽었는데 또 죽는 게 뭐가 무서워요? 그까짓 것 동생들이 따듯한 집에서 잘 자고 잘 먹고 편하게 학교 다니는 것만 볼 수 있다면 만 번도 더 죽을 수 있어요."

숨이 턱 막히고 말았다. 나는 더듬거리다 반박했다.

"대체 본인 목숨을 뭐라고 생각하는 거예요?"

"그럼, 수녀님은 왜 그토록 중요한 본인 목숨을 그냥 버리려고 했는데요? 전송할지 말지 왜 고민했어요?"

"나는 댁처럼……!"

"수녀님이 없으면 아무도 구해주지 않을 열두 명은 어쩌려고 죽으려고 했는데요?"

말문이 턱 막혔다.

"자기 목숨은 제 것이니까 하찮게 굴려도 좋다고 생각했겠죠. 나도 내 목숨은 내 것이니까, 내 것쯤 하찮게 굴려도 아무렇지도 않다고 생각해요. 하지만 수녀님 눈에 나는 남이니까 말리고 싶겠죠. 나도요, 수녀님 목숨이 남의 것이라 소중해요. 그딴 식으로 멋대로 굴리지 말라고 뜯어말리고 싶다고요. 사이비 종교로 개종하든 신앙을 버리든 상관없으니 얼른 살아서 이 공항을 나가버리면 좋겠다고요. 다 집어치우고 제대로 살아 있는 사람이 되면 좋겠다고요."

내가 아무 말도 못하고 바들바들 떨자 권현수는 헛기침을 몇 번 하고는 도로 의자에 앉았다.

"실종된 사람들 문제로나 돌아가보죠."

전송 중에 실종된 사람들을 데려오는 것은 해상을 떠도는 사람들을 지나가던 선박이 발견해 구하는 것과 다른 문제였다. 모든 것이 종이 위의 문제였다.

"디스크는 확보했어요. 하지만 전송법이 문제군요."

현수는 중앙아시아 쪽 민속 복장을 하고 모래 먼지를 풀풀 날리며 나무 상자 위에 서류를 늘어놓으면서 말했다.

"지금 디스크가 러시아 흑해 연안에 있는데, 러시아 법에서는 99.99퍼센트 데이터가 살아 있는 경우에만 전송이 허가돼요. 한국은 대륙법 기반으로 99.5퍼센트인데 말이죠. 점검해봐야겠지만 데이터 잔여 상태에 따라 전송할 수 없는 사람이 나올 거예요."

디스크에도 수명이 있다. 단순한 파일도 오래 보관하거나 전송을 계속하다 보면 품질이 열화한다. 생물이라는 방대하고 복잡한 데이터라면 더 말할 것도 없다. 현지 상황의 열악함도 한몫한다. 전에 한 난민단체에서는 브로커가 모래에 파묻어 숨겨둔 디스크를 복구하느라 막대한 시간을 들여야 했다.

"차라리 기차나 배를 탔더라면."

내가 입속으로 중얼거린 말에 현수가 바로 반박했다.

"다른 수단으로 왔어도 마찬가지로 몸 어딘가는 망가졌을 거예요. 기아, 탈진, 옴은 기본이고, 온갖 기생충, 돌이킬 수 없는 장애, 합병증, 하다못해 대량 몰살도 수두룩해요. 다른 수단으로 오다 죽은 사람들은 살릴 수도 없어요. 이 사람들에겐 그래도 기회가 있잖아요."

현수는 덧붙였다.

"결국 어떤 수단을 써도 시공의 이동에서 일어나는 문제를 상쇄할 수 없어요. 전송 정확도가 영원히 완벽해지지 않는 건 우리더러 자연법칙을 거스르지 말라는 뜻일지도요."

그때 위화감이 들었다. 권현수가 하는 말이라 치면 이상한 느낌이었다. 아무튼 나는 가방에서 자료를 꺼내어 나무 상자 책상에 펼쳤다.

"람페두사섬으로 가면 99.0퍼센트여도 전송이 가능해요. 데이터 열화가 분명해 보이면 흑해에서 그곳까지 배편으로 디스크를 옮겨서 전송할 계획을 짰어요. 이탈리아 최남단 섬인데 시리아에서 탈출한 난민들이 모이던 곳이죠. 세계에서 전송법이 제일 유연한 곳이에요. 현수 씨가 가서 직접 옮기면 될 거예요."

내가 조잘조잘 떠들자 현수는 나를 물끄러미 보았다. 신기한 생물을 구경하는 눈이었다. 현수가 고개를 내저었다.

"이중 전송은 절차가 복잡해요. 비용도 두 배고 만나야 할 사람도 많고, 제출할 서류가 너무 많아요. 현지에서 한국으로 바로 전송하는 게 깔끔해요."

"안 돼요. 99.99퍼센트는 절대로 못 맞춰요. 누군가는 전송할 수 없을 거예요."

"몇 명쯤 뭐 어때요?"

내가 말을 멈추고 노려보자 현수는 알았다는 손짓과 잘못했다는 손짓을 모두 했다.

"아마르가 꼭 전송되어야 해요. 열화된 데이터에 아마르가 있을 수도 있다고요."

"아마르가 누구예요?"

나는 현수에게 지갑에 넣어둔 사진을 보여주었다.

"이제 겨우 열 살 된 어린애예요. 무사히 전송되어 나온 서른다섯 명 중 한 분에게 특별히 부탁받았어요. 그분도 죽은 아이 엄마에게 부탁받았다고 하고요. 부탁받은 여자분은 벌써 독일의 친척과 연락이 닿아 얼마든지 떠날 수 있는데도 전송기 앞을 떠나지 않고 아이가 나왔다는 소식만 기다리고 있대요. 그런 아이는 살아야 해요. 안 그래요?"

"그래요, 그럴 것 같네요."

현수는 별 저항 없이 답했다. 나는 조카 사진이라도 보는 듯한 미소를 지으며 사진을 쓰다듬다가 문득 어떤 생각이 들어 물었다.

"친구들 찾다가 그렇게 됐나요?"

"뭐가요?"

"실종된 친구들이요. 그 친구들을 전송시키려다 보니 이쪽 전문가가 된 건가요?"

현수는 잠시 생각에 잠겼다.

"나더러 전문가라고 할 것도 없어요. 이런 일이 다 그렇지만 어떤 경험도 소용없을 때가 많아요. 매번 처음 겪는 일이 생기니까요."

"구해낸 친구가 있나요?"

나는 조심스럽게 물었다.

"아뇨, 기업은 난민 브로커와 달리 정말 사람 죽일 작정으로 한 짓이니까요. 훨씬 꼼꼼하죠."

현수는 별일 아니라는 듯 자료를 넘기다가 내 얼굴을 보고는 한참 생각하고는 말했다.

"사실 생각해본 방법은 있어요."

현수는 제 손목에 붙인 인공피부를 뜯어내 보였다. 인공피부 안쪽에 바코드가 붙어 있었다. 바코드가 이중인 것을 보니 여분의 신분증인 모양이었다. 현수는 그 바코드를 내 왼손목에 씌워 보였다.

"브로커들이 쓰는 가짜 신분증이에요. 신고하지 않고도 전송이 가능하죠. 불법이지만 워퍼들은 다 하나씩 갖고 있어요. 일일이 다 신고할 수 없을 때도 있거든요."

"그래서요?"

"워퍼로 등록된 사람은 일반인과 달리 생체 정보보다 신분증을 먼저 읽어요. 시간을 단축하기 위해서죠. 그러니까 이렇게 내 친구 신분증을 찬 채로 전송해보면 어떨까 해요. 도착지를 지정하지 않고요."

나는 온갖 종류의 고전 공포영화를 떠올렸다.

"그러면요?"

"오류가 나요."

"무슨 오류가요?"

"원래는 신분증과 사람이 맞지 않아서 아예 전송이 안 돼야 하는데, 해킹된 신분증 때문에 전송이 시작되어버리죠. 소멸이 시작된 뒤에야 전송기는 신분증과 사람이 일치하지 않다는 것을 깨달아요. 전송을 중지해야 하지만 소멸이 시작된 이상 그럴 수 없죠. 그 사람을 살리려면 무조건 전송해야 해요. 게다가 도착지까지 정하지 않으면 전송기는 그 신분증의 사람이 예전에 갔던 곳으로 전송해요. 그게 나름대로 가장 안전한 전송이니까."

"그래서요?"

나는 그 공포영화들의 온갖 무시무시한 엔딩을 다 떠올리며 되물었다.

“거기서 또 전송하면 마찬가지로 그 이전에 갔던 곳으로 전송하죠. 한번 잘못 전송된 곳은 24시간 동안 전송이 차단되고요. 그렇게 그 사람이 이전에 전송한 곳을 계속 되짚어 갈 수 있어요. 그러다 보면 언젠가 그 사람이 들어갔지만 나오지 않은 전송기에 이르는 거죠. 그때 ‘전송했다’는 오류에 ‘전송하라’는 새 명령이 덮어씌워져요. 오류를 오류로 덮는 거죠. 무식한 방법이지만, 그러면 저장되어 있던 내 친구의 데이터를 전송기가 나와 함께 전송할 거예요.”

나는 이 대량 연쇄살인마 같은 계획에 기함했다.

“친구는 그때 그대로의 모습으로 나오는 거죠. 시간은 흐르지 않았고 평상시처럼 하품하며 나오죠. 그리고 내가 눈물을 글썽이는 걸 보고서야 뭔가 잘못됐다는 것을 깨닫는 거죠.”

“그게 가능하다고요?”

“뭐, 이론상으로는요.”

“왜 시도하지 않았는데요?”

나는 다소 악의적으로 물었다. 현수는 한참 침묵하다가 답했다.

“실종되고 바로 했어야 했어요. 그 친구들 데이터는 지금 전부 덮어씌워졌거나, 폐기되었거나, 운 좋게 남아 있어도 열화되어 뒤죽박죽이 되었을 거예요."

"그러면 왜 바로 하지 않았는데요?"

현수는 다시 침묵했다.

"신고하지 않은 전송은 보험 적용이 안 돼요. 벌금도 나오고요. 그딴 짓을 하고 나면 빚더미에 깔려 사망할 거예요."

"두려운 거겠지요. 그 정도까지의 죽음은요."

현수는 잠시 생각하다 답했다.

"그래요, 그런 것 같네요."

"람페두사에서 99.5퍼센트 이상 남아 있는 사람만 전송하라는 공문이 내려왔어요."

밀짚모자를 쓰고 하와이안 셔츠를 입은 현수가 막사에 와서는 말했다. 내 막사에는 아이들을 포함한 여러 사람이 모여 한국에 올 난민들을 위한 환영 팻말과 화환을 만들던 참이었다. 여자 둘이 공항에서 분주하게 일하는 모습이 신기했는지, 고단해하는 것 외에는 딱히 할 일이 없던 막사촌 사람들이 하나둘 구경하며 모여들더니만 지금은 막사촌 전체가 같이 일하고 있었다.

"출발지가 아니라 도착지 법에 맞추는 법안이 발효된 지 1년이 지났대요. 대한의사협회에서 배포한 공문도 왔어요. 여기 고딕체로 쓰여 있네요. '99.5퍼센트 이하에서 전송하면 어떤 의료 상황이 발생할지 장담할 수 없다, 국가도 보험회사도 책임질 의무가 없고 모든 책임은 전송을 결정한 당사자가 져야 한다'라고요. 그 이하 잔여율에서 전송했을 때 발생한 의료 상황은 의료보험 적용도 안 돼요."

놀랍기도 하지. 그냥 안 된다고 하면 항의 방문이라도 했을 텐데, 건조하게 자본으로 협박하니 채찍으로 얻어맞은 중세 농노처럼 얌전해진다.

"그 기준으로는 몇 명이 남죠?"

"일곱 명이요."

나는 몸서리쳤다.

"그 고생을 해서 겨우 살 수 있게 된 사람들을 다섯이나 포기하라고요?"

"하지만 의사회 경고는 맞아요. 무슨 영구적인 장애를 입을지 모르는 사람을 전송했다가 소송 걸리는 것보다는 나을지도요."

나는 이 공문을 내린 사람이 권현수라도 되는 것처럼 바락바락 소리 지르며 매달렸다.

"고전적인 교통수단으로 와도 똑같이 의료 문제는 생긴다면서요. 그때도 항구에서 건강한지 병이 났는지 감별해서 바다에 하나씩 빠뜨리지는 않았겠지요."

"그때도 여력의 우선순위로 살렸겠지요. 람페두사는 작은 섬이고 이미 이 전송에 들어가는 막대한 비용을 감당하고 있어요."

"이런 건 결정할 수 없어요."

"그래요, 결정할 수 없어요. 그래서 정부가 예산을 정하고 의사협회가 지침을 정하고 우리는 지시에 따르는 거예요. 이게 특정한 누구의 책임이 되지 않도록요. 이런 것을 일일이 책임지려 했다간 아무도 이런 일을 하지 않을 거고, 남은 일곱 명도 살 수 없을 거예요."

나는 고통에 빠져 이마를 짚고 무릎을 꿇었다. 현수는 지켜보다가 말했다.

"신께서 답을 주시면 알려주세요. 지금 이 순간에도 데이터는 열화되고 있을 거예요."

"아마르는 그 이하라도 전송할 수 있을 거예요. 아동 특별법이 있을 거예요."

현수는 아마르가 누구…… 하다가 아, 하고 고개를 끄덕였다.

"그럼 누구를 제외하고 전송할까요?"

내가 악마 퇴치라도 할 기세로 노려보자 현수가 알았다는 시늉을 했다. 현수는 다음 날 멀끔한 양복을 입고 와서는 결과를 알려왔다.

"아마르의 잔여 데이터는 95퍼센트예요."

현수가 건조하게 말했다.

"37퍼센트 확률로 즉시 사망, 89퍼센트 확률로 장기 손상. 장기 손상 부위는 예측할 수 없음. 특히 실명, 뇌종양, 내장 일부 손실, 암, 폐렴, 심장질환 발병 가능성 높음."

현수는 나를 바라보았다.

"그래도 전송해야겠어요?"

나는 그날 내내 전송기 앞에서 지냈다.

어느 종교 단체에서인가 '신앙이 없는 사람은 전송기를 통과하면 죽는다'는 피켓을 들고 내게 전도하고 갔다. 점심에는 나이 지긋한 할아버지가 번쩍이는 금관을 쓰고 선글라스를 쓴 채 팻말과 깃발로 몸을 칭칭 감고 지나다녔다. 전송기에서 나오는 것은 모두 사람 형체의 좀비라며, 이들이 본색을 드러내기 전에 무슨 무슨 낙원으로 가야 한다는 내용이었다.

어린 연인처럼 보이는 두 사람이 전송기 옆에서 손을 꼭 쥐고 있다가 마치 동반자살이라도 하듯 결연한 얼굴을 하고 순서대로 들어가는 모습도 보았다.

어떤 사람들은 저 전송기가 정말로 자신을 죽게 해주어서 좋아하는 것 같았다. 얼마 전 공항에서 만난 여행객들은 인생에 한두 번쯤 죽는 것도 괜찮은 경험이라고들 했다. 어떤 젊은이들은 자살 대신 전송을 택한다고 들었다. 전송해서 낯선 곳에 다녀오고는, 과거의 자신은 죽어 사라졌으니 새 삶을 살겠다고 비장하게 걸어 나온다는 것이다.

전송기를 자발적인 실종이나 빚 면제, 파산 신고 대신 쓰려는 사람도 있었다. 전송한 뒤 자기가 신앙인이라고 주장하며 사망신고를 낸다고 들었다. 소송 과정에서 제가 살아 있다고 믿는지 죽었다고 믿는지 판별하기 위해 거짓말 탐지기가 동원된다고도 했다. 법원이 그런 빤한 수작에 넘어가는 일은 없기에 대부분 벌금 폭탄만 추가로 떠안기 마련이다.

결국 개체의 이어짐도 기적이다. 나의 연속성도 설명할 수 없는 것이다. 내 생명도 설명할 수 없다. 우리가 생명이 시작된 이래 그렇게 살아왔기에 굳이 이 신비를 의심하지 않을 뿐이다.

밤새 막사에서 촛불을 켜놓고 기도하는데 인기척이 났다. 돌아보니 어둠 속에 현수가 서 있었다. 두툼한 털옷을 입고 머리에서부터 발끝까지 새하얗게 눈을 맞은 차림이었다.

"어쩔 수 없어요. 그 애는 죽었어요."

현수가 말했다.

"그 애 잘못도 아니고 어른들이 잘못했고 세상이 잘못했고 무엇보다 썩을 브로커 자식이 잘못했지만 어쩔 수 없어요."

나는 아무 말도 하지 않았다.

"알아요. 자기 생명을 잃는 건 아무것도 아니지만 남의 죽음은 가슴 아프죠."

그때 여러 위화감이 나를 뒤덮었다. 나는 그제야 깨달았다. 그의 경박한 빈정거림과 괴이하기 짝이 없는 신념과, 그토록 집요한 냉소와 빈정거림의 이유마저도.

"영혼을 믿는군요."

내 말이 스스로도 서늘했다. 입이 바짝바짝 말랐다. 현수의 얼굴에 내려앉은 그늘이 더 어두워졌다.

"영혼을 믿는군요. 그렇죠?"

현수는 싫은 눈치였다. 민망해했고, 짜증 냈고, 결국은 받아들였다.

"그래요, 믿어요. 꼴사납지만요. 멍청하고 바보 같고 창피하고 불합리하지만요. 그래도 어쩔 수 없어요. 믿음은 어쩔 수 있는 게 아니니까요."

"그러면 어떻게……."

나는 입을 다물었다.

"그냥 매일 죽기로 한 거군요."

"그래요, 즐거운 삶이지요."

현수는 젖은 눈을 매만졌다.

"사람이 못 죽는 이유는 하나뿐이잖아요. 목숨을 함부로 못 하는 이유 말이에요. 뒤에 남은 사람들이 슬퍼할 테니까요. 하지만 전송은 그렇지 않죠. 동생들을 울리지 않아도 돼요. 적어도 타인의 시선에서 나는 계속 살아 있지요. 예림 씨도 그렇잖아요. 그렇게 전송기 들어가면 죽네 어쩌네 하면서도, 나를 매번 다른 사람이라고 생각한 적은 한 번도 없잖아요."

나는 덜덜 떨며 일어나 그의 손을 붙잡았다. 현수는 무슨 큰 죄라도 지은 사람처럼 고개를 숙였다. 나는 다그쳤다.

"그래선 안 돼요."

"뭐가 안 돼요? 다시는 전송하지 말라고요? 이만한 밥벌이가 또 있는 줄 알아요?"

"아뇨, 믿음을 바꿔요."

현수는 하, 하고 웃었다.

"믿음을 바꿔요? 하, 그러면 안 죽나요? 사실이 변하나요? 저 전송기가 어떤 원리로 작동하는지 내가 모르겠어요? 나는요, 저놈의 기계 만드는 공장에서도 일해봤어요. 어떻게요, 내 지식을 지울까요? 건망증에 걸리기를 기원할까요? 그런다고 저 기계에 들어갈 때마다 매번 내가 산산조각 나서 죽는다는 사실이 변해요? 저 원자 탱크가 분해된 내 시체로 가득하다는 사실이 변해요? 나는 오늘 태어났고요, 예림 씨를 생애 처음 봤고 마지막으로 보는 거예요. 이제 곧 다시 들어갈 테니까. 잘 있어요, 영원히 안녕."

"사실이 안 변해도 생각을 바꿔요!"

내가 날카롭게 고함치자 현수가 퍼뜩 놀란 눈으로 나를 보았다. 옆 막사에 자던 사람들이 무슨 일인가 싶어 웅성거렸다.

"댁이 하루를 사는 사람이든 한 시간을 사는 사람이든, 1분을 사는 사람이든 마찬가지예요. 죽음을 생각하며 살아서는 안 돼요. 1초를 살아도 조금 있다가 죽는다고 생각하며 살아서는 안 된다고요. 현수 씨 영혼을 만든 신에 대한 모독이에요. 그러니까 지금 당장 믿음을 바꿔요, 알아들어요?"

현수는 헛웃음을 지었다.

"신앙이란 정말, 진짜, 예술적으로 어렵네요."

나는 그의 손을 만지작거렸다.

"현수 씨. 자기 생명은 하찮아도 다른 사람 생명은 그렇지 않다면서요, 현수 씨는 내게 남이니까 소중해요. 그러니까 죽음을 생각하며 살지 말아요."

현수는 나와 맞잡은 손을 내려다보며 손가락을 꼼지락거렸다.

"알았어요. 생명 속에서 살기 위해서 유물론자가 되어보지요. 내게 생명을 주신 분을 모독하지 않기 위해서 영혼을 부정하지요. 노력해볼게요. 그럼 예림 씨는요? 언제 되살아나실 거예요?"

나는 웃고 말았다. 중이 제 머리 못 깎는다더니, 남에게는 제멋대로 믿음을 바꾸라고 신나게 호통을 쳐놓고 제 것은 어찌할 수 없다니.

"예림 씨는요, 내가 보기에 믿음이 부족해요."

현수가 말했다.

"뭐라고요? 내가요?"

나는 슬픈 웃음 너머에 '이 무신론자가' 하는 표정을 덧붙이며 말했다.

"'그' 아가타 수녀가 죽었다는 믿음이 부족해요. 아직도 그 사람이 자기와 같은 사람이라고 믿고 있다고요. 그러니까 이러고 있는 거예요."

신선한 말이었다.

"어디까지나 교리에 따라 말해보죠. 예림 씨는 과거도 부모도 없이 전송기에서 태어났어요. 물론 그 몸 안의 원소는 다른 사람의 것과 마찬가지로 수억 년은 된 것이고, 지구의 역사를 함께해온 것이며, 수백만의 생물의 몸을 거쳐간 것이니, 다른 모든 사람과 마찬가지로 우주의 자손이며 생명의 연결고리지만요. 예림 씨는 집도 절도 없이 태어났지만 운 좋게도 이미 세상을 떠난 다른 사람의 신분을 도용할 기회가 생겼어요. 남의 신분으로 새 생을 사세요. 그냥 두 번 다시 전송하지 않으면 돼요."

"……."

"그 삶을 주신 신을 모독하지 말아야지요. 생명 속에서 사세요. 예림 씨는 한 번도 죽은 적이 없어요."

"그래요, 노력해보지요."

전송이 예정된 날은 눈코 뜰 새 없이 바빴다. 우리는 대합실에 꽃을 달고 환영 플래카드도 만들었다. 최대한 연락해서 외국에 살던 친척이나 가족도 불러 옆에서 기다리게 했다. 119 구급대가 공항 밖에 대기하고 있었고 닥터헬기도 와 있었다.

나는 그날 몹시 겁에 질려 있었다. 전송이 허가된 사람들도 이미 조금씩은 데이터 열화가 있었고 그게 어떤 문제를 일으킬지 모를 일이었다. 누군가 하나쯤 전송기에서 나오다 목을 붙잡고 거품을 물고 쓰러지거나 뇌출혈이나 심장마비를 일으킬지도 모른다. 아니면 전송 오류로 몸의 세포가 조금씩 어긋나 조각조각 분해되거나.

먼지투성이의 사람들이 하나둘 긴장한 모습으로 전송기에서 나왔다. 그때마다 대기하던 아이들이 목에 화환을 씌우고 환영 인사를 했고 양옆에 정렬한 막사촌 사람들이 박수와 환호성을 보냈다. 나온 사람들은 그들과 가벼운 인사를 나눈 뒤 곧장 의료진이 대기하는 천막으로 향했다.

나는 사람이 하나 나올 때마다 기도했고 긴장했고, 시간이 지나자 뼈가 다 흐물흐물해지는 것만 같았다. 나중에 가서는 거의 기절할 뻔했다.

마지막 사람이 나왔을 때 나는 두 손을 맞잡은 채 눈을 꽉 감고 있었다. 옆 막사 사람이 나를 툭툭 치며 눈을 뜨라고 할 때까지 그랬다. 눈을 뜨자 행복하게 웃는 사람들과 서로 끌어안는 친지들이 눈에 들어왔다. 나는 그제야 안도의 한숨을 쉬었다.

"권현수 씨가 늦네요."

옆에서 다른 워퍼 직원이 시계를 보며 전화를 걸었다. 휴대전화는 전송기를 통과하면 곧잘 망가지기 때문에 전송 전후 연락 수단은 기본적으로 유선전화였다. 받지 않는 듯했다. 직원은 다른 곳에 전화를 걸더니 사색이 되었다.

"제일 처음에 전송했대요."

소동이 났다. 직원들이 모두 모였다. 전송 관리원이 다급히 비상전화를 걸었다.

"전송번호 340827, 이름 권현수, 전송이 되지 않았습니다. 재전송 요청합니다. 반복합니다. 재전송 요청합니다."

답을 받은 관리원이 창백해져서 모두를 돌아보았다.

"저쪽에서 지금 전송기 과열이 발생해서 전송을 전면 중단한다고 합니다."

관리원이 다시 연락을 시도했다.

"지체하다 데이터 열화가 일어날 수 있습니다. 현시점에서 강제 전송 요청합니다."

나는 넋이 나간 채 서 있었다.

“안 된답니다. 불가능하대요. 이미 전송되었는데 불법 복제하려고 거짓말하는 것 아니냐고 호통까지 치고 있어요. 긴급 상황입니다. 대사관 연락 부탁하고 모든 연락망을 다 열겠습니다.”

나는 왼 손목을 꽉 쥐었다가 문득 손목 피부가 미끌미끌하다고 느꼈다. 전에 현수가 내게 채워준 여분의 신분증 바코드가 아직 씌워져 있었다. 나는 발을 떼고 움직였다. 다들 내가 뭘 하려는지 몰라 제지가 늦었다. 소동과 고함이 뒤따라왔을 때 이미 나는 소멸하고 있었다.

나는 역장에 둘러싸인 채 제주공항 전송기에서 나타났다. 전신이 땀에 푹 젖어 옷이 축축했다. 숨은 헐떡였고 입에서는 단내가 났다. 전송기는 내 단내까지 복사했다.

나는 ‘나’를 인지할 수 있었고, 그러므로 존재한다고 느꼈다. 내게는 주관이 있었고 그 주관은 내가 영혼을 가진 존재처럼 느끼게 했다. 나는 죽음을 기억할 수 없었고 삶만을 기억했다.

전송기는 어떻게 영혼을 만들어내는 걸까? 하긴, 신 앞에서 엄마 뱃속에서의 열 달과 순간에 차이가 있겠는가? 둘 다 신에게는 찰나의 숨결에 불과한 것을. 영혼은 어디에 머물러 있다가 내게 날아와 안착하는 걸까? 유전자의 네 가닥 속에? 원소와 원소를 이은 자기장 흐름 사이에? 전송된 내 설계도 틈새에?

전송기 앞을 지키던 공무원들 눈이 휘둥그레졌다. 나를 밀입국자나 난민으로 판단한 듯했다. 공무원이 벨을 울렸고 저쪽에서 경관 둘이 호루라기를 불며 달려왔다. 나는 전송했다.

나는 드높은 설원에서 나타났다. 하늘은 쨍하니 푸르렀고 창밖으로 백색의 설원이 바다처럼 펼쳐져 있었다. 눈에 보이는 모든 것이 하얀 산맥이었다. 산그림자는 영롱한 보석처럼 새파랗게 빛났고 눈보라로 덮인 구름안개가 해일처럼 하늘을 덮으며 피어올랐다. 산 아래는 전부 거품 같은 구름바다였다. 나는 드넓은 행성을 온몸으로 느낄 수 있었다.

문득 나는 영혼이 어디 있는지 묻고 앉았던 나를 비웃었다. 영혼에 대한 내 집착을 비웃었다. 그런 조잡한 허상에 마음을 낭비하는 것이 하찮게 느껴졌다. 신께서 내게 전송이라는 은총을 마련해주셨건만, 쓰지 않고 무엇하겠는가.

경고 방송과 비상벨이 귀 따갑게 공항을 울렸고 나는 전송했다.

나는 빼곡한 삼림에 발을 디뎠다. 발이 물컹, 하고 진흙에 푹 박히는 바람에 깜짝 놀랐다. 간단한 보안장치도 없는 어처구니없이 열악한 전송소였다. 나무와 진흙을 발라 만든 건물이 드문드문 보였다. 높은 나뭇가지에서 큰 새 무리가 일제히 푸드덕 날아올랐고 낙엽이 비처럼 우수수 떨어졌다. 다른 나무에는 원숭이 무리가 끽끽거리며 줄기를 타 넘고 있었다. 공기는 뜨겁게 달아올라 있었고 태양은 강렬했다. 현수의 말은 반만 맞았다. 내 목숨이 하찮은 것이 아니다. 내 목숨도 그리 모자란 것도 아니나, 세상이 너무나 드높고 위대해서 감히 빗대어지지 않았다. 나는 전송했다.

나는 고대 불교 사원 유적 꼭대기에서 나타났다. 고급스러운 옷을 입은 한 무리의 관광객들이 우루루 전송된 뒤였다. 피라미드 같은 드높은 정방형의 회색 건축물이었고 원추형의 탑이 내 주위를 웅장하게 둘러싸고 있었다. 벽마다 섬세한 부조로 가득했고 담 위로 작은 불상들이 정렬해 있다. 까마득한 저 아래 숲에 붉은 해가 물들고 있었다.

얼마나 오랫동안 그 많은 사람이 이 유적을 원형의 모습으로 유지하고자 보수해왔을까. 인류는 신기하게도 오래전부터 물질이 아닌 원형의 설계에 동일성의 가치를 부여해오지 않았던가.

인솔자가 관광객 숫자를 세다가 나를 보고 눈이 휘둥그레졌다. 나는 하마터면 숨이 멎도록 장엄한 유적을 향해 성큼 걸어 나갈 뻔했다. 인솔자가 사람 숫자를 처음부터 세며 어딘가로 전화를 거는 모습을 보면서 나는 전송했다.

나는 지평선에서 막 달이 뜨는 황야에서 나타났다. 바닥이 얕고 평평한 회색 크레이터들이 펼쳐진 벌판이었다. 나는 아주 잠깐 동안만 지평선에 걸쳐진 것을 달로 착각했다. 달이어야 마땅한 모습으로 솟는 둥근 것은 청금석처럼 푸른빛이었다. 푸른 위성은 새하얀 거품과도 같은 구름으로 뒤덮여 있었다. 지구였다. 지구가 지평선에서 돋아나고 있었다.

내가 내려선 곳은 달 기지였다. 나는 한 걸음 떼었다가 몸이 풍선처럼 둥실 떠오르는 바람에 깜짝 놀랐고 이어 아이처럼 깔깔 웃었다. 너무 재미있어서 웃음이 멈추지 않았다.

우주복을 입은 달 기지 직원들이 당황하며 다가왔다. 나는 아무 일도 아니니 걱정 말라는 손짓을 하고 전송했다.

나는 발을 내딛다 헛디디며 한 바퀴 회전했다. 발이 땅에 닿지 않았다. 나는 허공에서 빙글빙글 돌았다. 실은 내가 도는 것이 아니라 세상 전체가 내 주위를 도는 듯했다. 주위에 사람은 보이지 않았고 벽과 천장과 바닥에 빼곡한 기계장치와 작은 로봇들뿐이었다. 로봇들이 나를 보며 삐걱댔다.

창밖으로는 광활한 하늘을 채운 별무리가 눈부셨다. 위도 아래도 사방도 모두 은가루를 뿌린 듯 별로 가득했다.

나는 이번에는 웃지 않았다. 대신 눈물이 왈칵 솟구쳤다. 모든 것이 허망했고 서러워졌다. 보는 사람도 없다는 생각에 나는 마음껏 울었다. 방울져 흐른 눈물이 내 주위를 안개처럼 떠돌았다.

"잘못 전송되어 오셨습니다."

"출발지로 돌아가십시오."

"도착지를 다시 지정하십시오."

로봇들이 다가오는 것을 보며 나는 전송했다.

나는 작은 돔 한가운데 홀로 나타났다. 소행성 위였고 돔에는 아무도 없었다.

양자 전송은 광속 한계를 넘어서는 전송이기에, 기술이 상용화될 무렵에는 아주 먼 곳으로 순간이동을 했다가 돌아온다면 시간의 역전도 가능하지 않을까 하는 논의도 잠깐 있었다. 하지만 여전히 우리가 도달할 수 있는 영역 안에서는 정보를 스캔하고 재합성하는 시간이 광속을 넘어서지 못했다. 이 또한 자연의 섭리려니.

막막한 우주에 홀로 서 있던 나는 불현듯 다음 전송에서는 몸이 돌이킬 수 없이 망가지고 말리라는 두려움에 휩싸였다. 모르긴 해도 지금의 연속 전송으로 틀림없이 몸 어딘가는 단단히 망가졌겠지. 간이 상했거나 동맥경화가 일어났거나, 이전에 없던 알레르기나 고혈압이나 당뇨나 편도염이 생겼을지도.

어쩌면 아예 다음 전송은 안 될지도 모른다. 분자결합이 어긋나서 한 줌 고깃덩이가 되어 튀어나올지도 모른다. 고깃덩이가 되고 나면 다시는 전송할 마음을 먹지 못하겠지.

나는 두려움에 휩싸여 벌벌 떨었다. 잠깐 사이에 벌써 몇 번이나 죽고 말았다. 정신 나간 내 과거의 원형들이 무슨 미친 생각으로 이 짓을 벌였든 나는 너희들과 같은 사람이 아니다. 그 무모한 짓을 따라 하지 않으리라. 이 생명은 내 것이고 결코 다시는 버리지 않을 것이다. 이런 식으로 어이없이 분해되어 어처구니없이 죽는 짓 따위는 다시는 안 한다.

하지만 내가 내려선 곳은 아무것도 없는 황량한 우주 한복판이었다. 돔 안에는 먹을 것도 없었고 공기조차도 엷었다. 대기가 둘러싸지 않은 소행성에는 치명적인 우주 방사능이 쏟아지고 있을 것이다. 질식할 것 같은 기분이 들자 나는 울며 전송했다.

나는 사막 한가운데에서 나타났다. 새파란 오아시스 옆이었다. 모래바람이 휘몰아치는 드넓은 사막 한가운데 자리한 호수 주위로 야자수와 하얀 주택이 빼곡했다. 큰 구름이 머리 위를 흐르고 있었다. 공기는 뜨거웠고 까칠까칠했다. 내 옷은 낡아 있었고 푸석푸석했다. 손등은 노인처럼 갈라져 있었고 잇몸에서는 쓴 피 맛이 났다.

전송한 뒤 나는 공허했다. 말 그대로였다. 아무것도 생각나지 않았다. 꿈처럼 머릿속이 텅 비어 있었다. 내 이름에서부터 아무것도 기억나지 않았다. 노인처럼 지쳤고 노곤했다. 뒤돌아보고 전송기를 한참 본 뒤에야 내가 뭘 하고 있었다는 것만 겨우 기억났는데 그 이유조차도 떠오르지 않았다.

나는 기억조차 못 하는 불안이 적중했다는 슬픔에 빠진 채로 느릿느릿 전송했다.

나는 시가지 한복판에서 나타났다. 전송소 유리창 밖으로 드높은 마천루가 펼쳐져 있었고 차들이 바람을 씽씽 일으키며 오갔다. 동아시아인으로 보이는 사람들이 서로 부대끼며 바삐 걸음을 오가고 있었다. 전송하자마자 기억이 되돌아왔다. 전원이 꺼졌다 켜지듯 다 생각이 났다. 손등을 보니 푸석푸석 갈라진 피부가 원래대로 돌아와 있었다.

같은 일이 반복되거나 더한 일이 일어날 수도 있겠구나 싶었지만 어쩐지 두려움은 없었다. 공허함은 다른 기분으로 변했다. 마음이 넉넉하게 비어 있었다. 상념이 씻은 듯이 사라지고 기분이 호수처럼 고요하게 가라앉았다. 이대로 이 극상의 행복을 지키고 싶은 강렬한 유혹에 빠졌지만 그것조차도 공허하다는 것을 받아들였다. 나는 또 다른 사람으로 다시 걸어 나오리라. 나는 전송했고 꿈결처럼 아름다운 그 무상(無想)을 영영 잃고 말았다.

나는 작은 섬에서 나타났다. 산이 야트막한 자그마한 바위섬이었다. 저 멀리 바다는 높이 뜬 해가 깃들어 은빛이었다. 비췻빛 바다는 투명하다 못해 공기 같았다. 저 바다 밑에 비치는 배 그림자가 그대로 들여다보이는 바람에 배가 둥실 떠서 부유하는 듯했다.

전송기 주변에 모여 있던 사람들이 나를 놀란 눈으로 바라보았다.

나는 내 이어진 죽음을 생각했고 이어진 생명을 생각했다. 하지만 내가 지금 죽음 속을 걷고 있든 생명 속을 걷고 있든, 별로 대단하게 느껴지지 않았다. 모두가 아름답고 살아 있는 것들은 눈부시며,

중요한 것은 내가 아니니…….

나는 인천공항에서 나타났다. 내가 땀에 푹 젖어 가쁜 숨을 토해내며 후들거리는 다리로 전송기에서 나오자 직원들

과 의료진들이 허둥지둥 모여들었다.

뒤이어 원자 탱크가 가볍게 떨렸다. 전송기가 역장으로 둘러싸였다. 권현수가 아무 일도 없었다는 듯이 콧노래를 부르며 걸어 나왔다. 현수는 주변 분위기에 잠시 어리둥절해하다 나를 보고는 동작을 멈추었다.

그때 아마도 나는 눈물을 글썽이고 있었던 것 같다.

# 까마귀가 날아들다

창문을 열자 까마귀가 날아들었다. 날개는 까만 광택으로 번들거렸고 눈알은 노을처럼 붉었다. 까마귀가 세 개의 발을 창턱에 걸쳐놓으며 말했다.

"안녕, 나는 네 죽음이야."

여자는 당혹스러워했다. 까마귀가 재잘대었다.

"놀랄 것 없어. 오늘 저녁에 너는 죽어. 응? 알고 있었잖아? 죽을 작정을 했으니 내가 찾아온 거니까. 아, 하긴, 죽음치고는 좀 귀엽지? 늘 이런 모습으로 오는 건 아냐. 오늘따라 새가 되고픈 기분이었지. 보통 죽는 순간에 날아들지만 미리 준비하는 사람한테는 일찍 찾아오기도 해. 고객 서비스라고나 할까. 기왕 일찌감치 왔으니 인생 정리하는 걸 도와줄게. 사망 보험은 들었어? 유언장은 써놨고? 연명 치료 거부서는 썼어? 연락 돌릴 데는 있고?"

까마귀가 날개를 펄럭이며 여자의 어깨에 앉았다. 여자는 귀찮은 얼굴로 손사래를 치며 새를 내쫓으려 했다. 까마귀는 깍깍 웃으며 손이 닿지 않을 만치 날아올랐다.

여자는 어수룩한 몸짓으로 새의 발목을 잡으려는 척하다가 뱀처럼 왼손을 뒤로 휘둘러 날갯죽지를 잡아채었다. 까마귀가 괴성을 지르며 퍼덕였다. 여자는 전차처럼 까마귀를 장판 위에 내팽개치고 무릎으로 가슴을 짓누르며 날개를 양손으로 움켜쥐었다. 여자가 날개뼈를 으스러뜨리려는 찰나, 새는 황금빛 연기로 변해 사라졌다가 도로 어깨 위에서 나타나 한숨을 푸욱 쉬었다.

"위험한 여자네. 죽음을 붙잡으려 들다니. 곤란해, 죽음이 그리 쉽게 잡힐 줄…… 까아악!"

이번에 여자는 팽이처럼 몸을 회전해 식탁 모서리를 박차고 뛰어올라 까마귀를 양팔로 꽉 끌어안았다. 여자가 새를 품에서 짓누르려는 순간 새는 다시 황금빛을 뿌리며 사라졌다. 까마귀가 숨을 헐떡이며 방문 언저리에서 나타났을 때 재떨이가 포탄처럼 일직선으로 날아왔다. 재떨이는 까마귀를 통과해 문을 우그러뜨리고 투욱툭 떨어졌다. 까마귀는 까만 얼굴이 파랗게 질려서는 천장 구석에 박쥐처럼 거꾸로 매달린 채 나타났다.

"진정해, 진정하라고. 완전 산짐승 같은 여자일세. 잠깐, 그 빗자루 좀 치워! 이봐, 평화협정 좀 맺자. 내가 잔칫상도 받아봤고 치성도 받아봤는데 이런 푸대접은 또 처음이네. 너 뭐야? 왜 이리 건강해? 이상하네, 사람 잘못 찾아왔나? 어디 장부 좀 보자. 스물두 살. 성 유 이름 진, 직업 학생, 엉덩이에 사마귀, 틀린 것 없는데? 아, 욕하지는 마. 어차피 내 귀에는 네 목소리가 안 들려. 저승과 이승은 꽤 문턱이 높거든."

여자는 포기하고 빗자루를 내려놓았다. 까마귀가 그제야 방긋 웃으며 정수리에 올라탔다.

"이것도 인연인데, 숨 끊어질 때까지 잘 지내보자고. 나는 감재라고 해. 감재사자라고도 하지. 감자 같고 정겹지?"

여자가 기왕 손에 쥔 빗자루로 방을 슬슬 쓰는 동안 감재 까마귀는 집 안 곳곳에 머리를 들이밀고 뒤적였다.

"된장, 국간장, 고춧가루, 소금……. 양념도 종류별로 있고……. 라면도 한 박스 있고, 쌀도 한 달은 먹을 만큼 있네……. 빨래도 어제저녁에 해서 널어놓았군. 이불도 빤 지 얼마 안 됐어. 너무 깔끔 떤 것도 아니고. 킁킁, 이 김치찌개는…… 엊저녁에 해놨군. 장도 그저께 본 것 같고."

여자는 쓰레기통을 탈탈 털어 비우고 비닐봉지를 묶어 현관에 내놓은 뒤 찌개를 데웠다. 감재는 밥통에 머리를 박고 킁킁 냄새를 맡았다.

"밥도 내일 아침 것까지 해놨네. 건강에 좋은 오곡식이고. 계란도 반 판 남아 있네. 이상해, 이상해!"

감재가 파닥파닥 여자의 정수리에 올라앉았다. 여자는 감재를 머리에 얹은 채로 밥을 푸고 접이식 식탁을 편 뒤 팔팔 끓는 김치찌개를 한 국자 떠 밥에 부어 수저로 푹푹 쑤셔 비볐다.

"보통 혼자 살다가 죽으려는 사람 집은 말이야. 쓰레기로 가득 차 있거나 아니면 물건 하나도 없이 지나치게 정리해놨거나 둘 중 하나란 말이지. 죽을 사람 집은 이미 죽은 사람 집 같기 마련이라고. 그런데 뭐야, 이 넘치는 생활감은? 이 천년만년 살 분위기는 뭐냐고?"

여자는 그러거나 말거나 밥을 한 수저 크게 떠 입에 한가득 넣고 오물오물 씹었다.

"너 사고사냐? 아니면 타살이야? 아니, 그럴 리가 없지. 죽을 작정을 했으니 내가 눈에 보이는 걸 텐데."

여자는 설거지까지 마치고 그릇은 행주로 닦아 잘 정리한 뒤, 베란다에 걸어둔 이불을 걷는 척하다가 감재의 머리 위에 휙 덮어씌웠다.

이불이 꿈틀꿈틀하고 안에서 "흥, 아직도 소용없는 줄 모르고……" 하는 웅얼거림이 들렸다. 여자는 번개처럼 싱크대

밑에서 부탄가스를 꺼내 식칼로 푹 찍고는 이불 안쪽에 발로 밀어 넣고 서랍에서 라이터를 찾아 들었다.

이불이 아우성쳤다. 여자가 막 라이터를 당기려는 찰나 이불 틈새로 황금빛 연기가 몽실몽실 새어 나왔다. 부탄가스가 섞여서인지 기겁해서인지, 새는 머리가 둘이 되었다가 셋이 되었다 했고, 몸도 분홍빛이 되었다가 노란빛이 되었다가 했다. 그러다가 겨우 본모습으로 돌아왔다.

"야, 이 미친 여자야, 같이 죽을 작정이야?"

여자는 능청스럽게 냉장고 뒤에 놓인 소화기를 가리켰다. 감재는 입을 딱 벌렸다.

"환장하겠네. 영계의 사자를 물리력으로 없애려 하다니……. 열의는 높이 사도록 하지. 아니, 아니지, 도무지 이해할 수가 없네. 이렇게 죽기 싫은데 죽으려 한다고? 어디서 뭐가 잘못된 거지?"

여자는 아깝다는 듯 머리를 벅벅 긁으며 욕실로 향했다. 대야에 물을 받아 쪼그리고 앉아 머리를 감았다. 감재는 세 발을 동동거리며 주위를 오갔다.

"내가 참견할 일은 아니지만, 뭐 나쁜 일 있었어? 젊을 때는 혈기가 넘쳐 사소한 일로도 홧김에 확 죽기도 하니까. 그랬다가 저승 가서 땅을 치고 후회하는 사람 내가 한두 명 본 줄 알아?"

여자는 머리를 다 감고는 거품이 보글보글한 물을 감재 위로 확 부었다. 감재는 붉은 눈만 남기고 푸시시 사라졌다가 도로 스물스물 나타났다.

"실연이야? 성적 떨어졌어? 대학 떨어졌나? 괴상한 이유지만 한국에서는 평범한 이유지. 비트코인에 투자했다가 날렸나? 영끌로 집 샀다가 대출 이자 못 갚게 생겼어? 응? 뭐야? 왜 그런 눈으로 봐? 무슨 말인지 못 알아들어?"

여자가 수건으로 머리를 털다가 눈을 깜박였다. 감재도 마주 깜박였다.

"가만, 지금 몇 년도지? 사실 죽음은 시간을 넘나들거든. 꼭 시간 순서로 찾아오는 게 아니란 말이지."

여자는 옥상에서 운동을 마친 뒤 땀에 푹 젖어 길게 드러누웠다. 감재는 샌드백 위에 앉아 탄탄한 몸집의 여자가 늦도록 정권을 지르는 모습을 지켜보았다. 감재는 날개를 퍼덕이며 날아와 여자의 가슴 위에 앉았다.

"숨이 끊어지면 내가 네 심장에 부리를 박을 거야."

감재가 여자의 가슴을 콕콕 찍었다.

"물리적으로 박는 건 아니야. 상처 하나 없이 스윽 들어가지. 그리고 네 심장에서 펄떡이는 생명의 정수를 물어 꺼낼 거야. 나는 그걸 물고 태양을 향해 날아오를 거야. 그 뒤에는…… 아, 그 뒤는 업계 비밀이야. 가보면 알아."

감재는 열기로 발갛게 달아오른 여자의 볼에 제 볼을 부볐다. 이마에 흐르는 땀을 콕 찍어 맛을 보고 심장에 귀를 대어 보았다.

"튼튼하네. 앞으로 백 년은 더 뛸 심장이야. 아깝네. 넌 오늘 밥도 먹고 청소도 했고, 운동까지 했어. 정말 내가 사람 제대로 찾아온 게 맞나?"

감재의 눈이 붉게 타올랐다. 지옥의 불길처럼 시뻘겠고 태양처럼 찬란했다.

"이봐, 인간, 이것도 업계 비밀인데, 죽음은 언제든 취소 가능해. 저승은 인심이 좋거든. 안 오겠다고만 하면 바로 물러줘. 계약금 반환할 것도 없고 대가 치르는 것도 없어. 저승에서는 네가 오늘 오거나 백 년 뒤에 오거나 별 차이 없거든. 똑같이 한 순간이지."

여자는 손을 뻗어 귀엽다는 듯 감재의 등을 쓰다듬었다. 그러다 확 다리를 움켜쥐어 비틀려 했다.

하지만 손안에서 세 다리가 점점 두꺼워지는 바람에 부러뜨릴 수가 없었다. 감재는 여자의 손에 잡힌 채로 몸집을 점점 불렸다. 새는 큰 매처럼 자라나더니, 이내 사람 크기만큼, 이어서는 큰 익룡처럼 자라났다. 발톱이 살을 파고들었고 가슴을 짓눌렀다. 불타는 눈이 번들거렸다. 감재가 날개를 펴자

태풍 같은 바람이 몰아쳤다.

"나를 잡아도 소용없어. 다리를 부러뜨려도 태워도 소용없어. 날 없애는 방법은 하나뿐이야. 마음에서 죽을 결심을 거둬. 그러기만 하면 돼. 그러면 나는 한순간에 네 눈앞에서 사라질 거야."

여자가 맥이 풀린 듯 새의 다리를 놓자 감재는 여자의 가슴을 짓눌렀다.

"고백하지. 염라대왕께서는 네가 죽으면 새 저승사자로 데려오라고 하셨어. 전부터 너를 눈여겨보셨다더라고. 나는 됐다고 했지. 젊은 나이에 목숨을 버리는 패기 없는 영혼을 데려와서 뭐에 쓰겠느냐고. 물론 새 직원 구하기가 쉽지는 않아. 자살한 영혼은 어두컴컴하고, 사고나 타살로 죽은 놈은 원한이 깊고, 수명을 다해 죽은 놈은 비리비리하단 말이지. 그런데 나는 지금 다른 의미로 너를 데려가기 싫어졌어. 너 같은 인간은 저승에 오려면 아직 한참 멀었어. 넌 이승에서 바스라지도록 살아야 해."

여자는 감재를 물끄러미 보았다.

"자, 죽음을 이겨먹으려 드는 이 되바라진 여자야. 괜한 짓 말고 어서 마음을 바꿔. 그것으로 나를 멀리 날려 보내. 얼른. 나와 관계없는 삶을 질리도록 살라고."

그때였다. 건물 아래가 소란스러워졌다.

감재는 “뭐지?” 하면서 고개를 갸웃하고는, 통통 튀어서는 폴짝 뛰어 난간에 올라 아래를 힐끗 보았다.

멀리서 큰 까마귀가 우짖는 듯한 사이렌이 울렸다. 골목 저쪽에서부터 쿵, 쿵, 하는 기계 발소리가 들려왔다. 검은 로봇 부대가 방진을 짜고 전진했다. 도로를 빈틈없이 가득 채운 채, 큰 방패로 전면에 방어진을 구축하고 땅을 쾅쾅 찍으며 해일처럼 몰려왔다. 로봇은 검은 날개 같은 긴 천을 이마에 둘렀고 타는 듯이 붉은 눈을 얼굴 전면에 달고 있었다. 줄 맨 가장자리 로봇열은 게처럼 옆으로 전진하며 양쪽 건물에서 나오는 사람을 안으로 도로 밀어 넣었다. 무심코 장을 보러 문을 연 여자가 몽둥이로 호되게 얻어맞고는 도로 구겨지듯 집 안으로 떠밀려 들어갔다. 한 중년 남자가 항의하러 나오자 로봇 둘이 양쪽에서 겨드랑이에 팔을 넣어 번쩍 들어 집 안으로 끌고 들어갔다. 진행 방향 앞쪽에서부터 창문과 문이 탁탁 닫혔다. 어른들이 길에서 공기놀이하던 아이들을 허겁지겁 양팔에 안아 집에 들어갔다. 군대가 지나온 길은 불처럼 달아올랐다. 미처 피하지 못하고 맞아 쓰러진 사람들이 군대가 흘린 잔여물처럼 길게 도로에 누워 있었다.

“아항, 쿠데타가 일어났구나.”

감재는 휘둘러보았다.

“나라를 차지할 자격이 없는 놈들이 나라를 차지했네. 간혹 일어나는 일이지. 어디 보자, 시위대는 저쪽에서 시청을 장악해서 진을 치고 있고."

여자가 일어났다. 머리를 손빗으로 쓸어 끈으로 질끈 묶었다. 감재가 여자를 물끄러미 보았다.

"어……. 그렇구나. 너 죽을 결심을 했구나. 죽을 마음은 조금도 없으면서 말이지. 그렇지?"

여자가 신발 끈을 꾹 동여매었다. 감재는 세 발로 통통 튀어 다가와 여자의 다리에 몸을 비볐다.

"생각을 바꿀 마음은 없는 거지?"

여자는 고개를 끄덕였다. 감재는 푸드덕 날개를 펼치며 여자의 어깨에 와 앉았다.

"함께 있어줄게. 함께 있으면 외롭지 않을 거야. 나랑 같이 있어서 정신 사납게 죽었단 말은 들었어도 심심하게 죽었단 말은 못 들어봤어. 그리고…… 음, 그다음에는, 에, 앞으로 잘 지내보자고, 신입. 저승사자 일도 하다 보면 재미있어. 너 같은 사람도 만날 수 있고 말이지. 내가 너처럼 인간이었을 때 이야기해줄까?"

# 새벽 기차

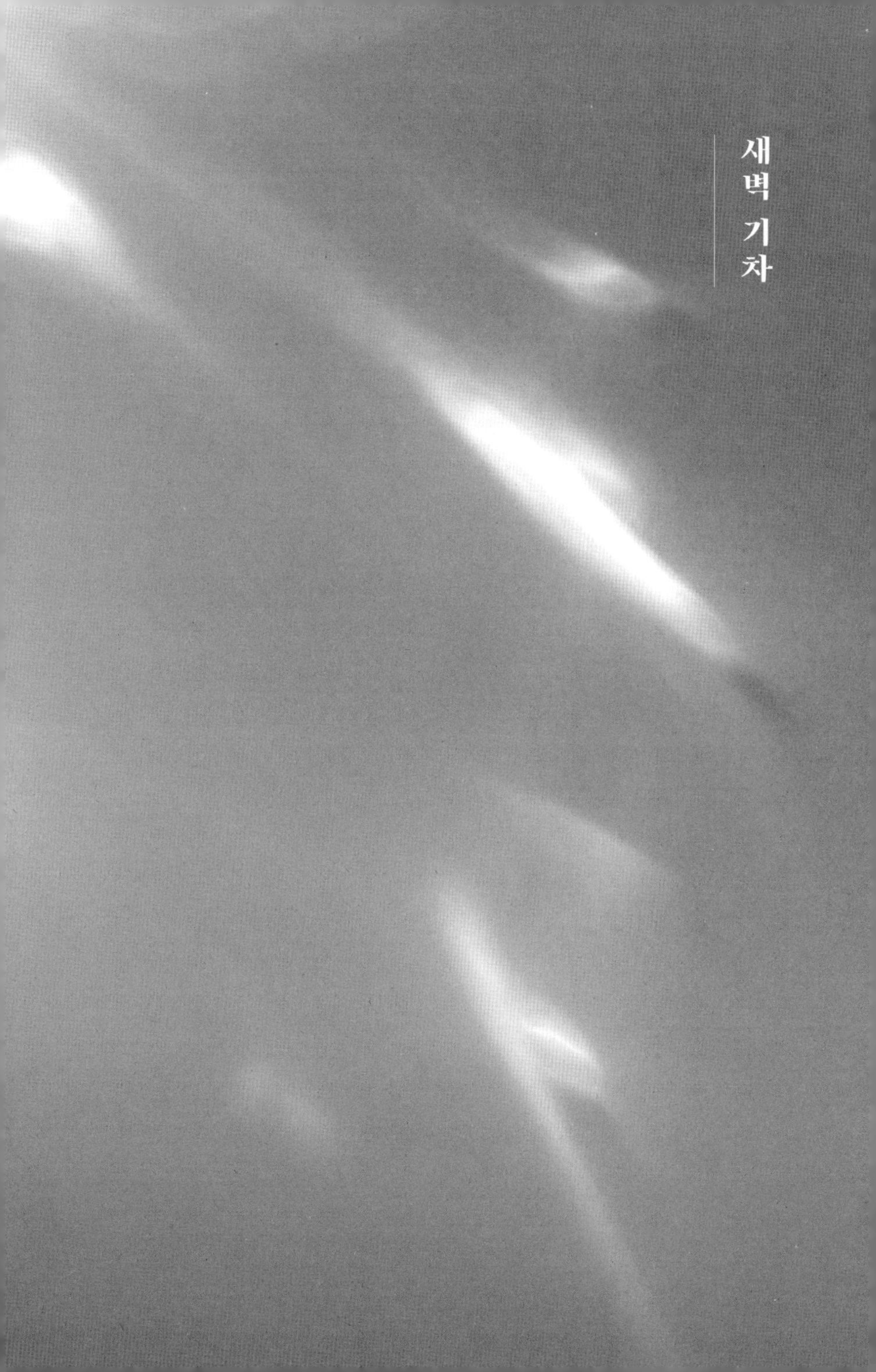

## 1

기차가 멈추자 시간이 흐르기 시작했다.

얕은 밤이 걷혀갔다. 늘 푸른 기가 도는 연분홍빛이었던 하늘이 주홍빛으로 물들었다. 지평선에 머리자락만 내놓고 있던 해가 날 선 붉은빛을 뿌리며 몸뚱이를 드러냈다. 멎어 있던 별이 흐르며 숨이 죽었다. 기차에서 태어나 처음 시간이 흐르는 것을 본 아이들은 세상 어딘가가 망가진 줄로만 알고 울기 시작했다.

모래에 반쯤 파묻힌 지프와 씨름하던 사내가 고개를 들고 우리를 바라보았다. 사내도 곧 해가 뜨는 줄을 안다. 이대로 멈춰 서 있으면, 밤새 사막이 머금어준 풍성한 습기를 말려버리고 모래 폭풍을 일으키고, 살갗을 뚫고 찜기에 넣은 고기처럼 세포를 익혀버릴 '낮'의 영역에 삼켜져버린다는 것을 안다.

이것은 만 하루 동안 일어난 일이며 우리에게는 전혀 시간이 흐르지 않은 사이에 일어난 일이다.

## 2

지구에서 온 사람들은 가끔 우리가 왜 기차를 타게 되었는지 묻곤 한다. "나 같으면 하루도 기차에서 못 지낼 것 같은데. 한 달은 둘째 치고 말이야" 하고 덧붙이면서.

지구인과 우리의 시간 개념은 조금 다르다. 지구의 하루는 우리 시간으로 한 시간에 조금 못 미친다. 지구의 한 달이 우리에게는 하루다. 우리 키바 사람들은 태어난 지 열흘이면 걷고 한 달이면 말을 뗀다. 한 살이 되기 전에 어른이 되고 서너 살이면 수명을 다한다. 밤낮 구분 없이 하루에 열 번의 쪽잠과 다섯 번의 큰 잠을 자고, 큰 잠을 잘 땐 지구 시간으로 하루이틀 치의 긴 수면을 취한다.

물론 우리가 지구인과 특별히 다른 생물종이라든가, 특별히 빨리 자라는 것은 아니다. 그저 이 별이 지구 시간으로 30일

정도에 한 번 자전할 뿐이다. 태양과 별 무리가 지구보다 서른 배 느리게 하늘을 이동할 뿐이다.

그 속도는 지구 단위로 환산하면 시속 55킬로미터 정도로, 차로 달리면 얼추 따라갈 수가 있다. 그 속도로 쉬지 않고 달리면 지구 시간으로 한 달, 우리 시간으로 하루 만에 출발했던 자리로 돌아온다.

"이론상으로는 그렇지만" 막연히 들은 지구인들은 또 묻곤 한다. "길에는 산맥이나 강도 있고 바다도 가로막혀 있을 텐데."

키바의 지형은 지구와 다르다. 키바의 바다는 양 극지방에 몰려 있고 대륙은 적도를 중심으로 테를 두른 것처럼 하나로 이어져 있다. 지구인과 교류하면서 알게 된 사실이지만 원심력이 약한 행성의 특징이라고 한다. 대륙은 화산 지형을 제외하면 전반적으로 평평하며 그 중심부에는 긴 테처럼 사막이 늘어서 있다. 우리는 주로 해안가에 살며 바다에서 먹을 것과 자원과 산소를 얻는다.

낮과 밤이 모두 길어 낮에는 기온이 55도까지 오르고 밤이면 영하 45도까지 떨어진다. 키바의 식물은 대개 하루살이 풀로, 새벽에 싹을 틔워 낮에 열매를 맺고 저녁이면 시든다. 철새들은 아침나절까지 머물다가 낮이 오기 전에 새벽으로 돌아간다. 큰귀코끼리는 밤이 오면 남으로 가고 낮이 오면

북으로 이동한다. 줄무늬큰뿔소와 큰점박이사슴무리는 위도를 따라 달린다. 그들은 하루의 반 이상을 달리는데, 그 경로에는 천연의 도로가 다져져 대상(大商)들이 그들의 뒤를 쫓아 이동한다. 그 뒤를 줄무늬큰뿔소가 남긴 배설물을 비료로 만드는 상인들이 쫓는다.

그러니까 키바의 생태계는 오래전부터 그렇게 태양을 따라 이동해왔다.

새벽 기차가 처음부터 행성을 횡단한 것은 아니다. 본래 여러 지역 자치구에서 만든 해안철도가 긴 세월에 걸쳐 이어진 것이다. 기반이 된 것은 주요 어촌과 수산시장을 연결하는 장기 화물 노선으로, 새벽 어스름에 해안가에 늘어선 어촌에 이르는 기차였다. 그때가 춥지도 덥지도 않은 좋은 시간대라서다. 밤새 어업을 한 어부들이 나와 어획물을 팔고, 다음 도시에서는 상인들이 기차에 막 실려 온 신선한 생선을 받아 장에 내다 팔았다. 후에 이 철로가 관광 노선으로 개발되어 행성 전역을 잇게 되었다.

새벽 기차는 시간선을 따라 달리기에 시간이 흐르지 않는다. 날짜 변경선에서 날짜는 딸깍이며 바뀌지만 시간으로 느껴지지는 않는다. 차량에는 시계가 두 개 붙어 있는데, 하나는 행성 표준시고 하나는 기차시다. 기차시는 가지 않기 때문에 그림으로 붙여놓기도 한다.

태양 폭풍으로 오존층이 망가진 이후로 키바는 한층 더워졌다. 그리고 그건 태양 그 자체의 활동이 변한 탓일 수도 있고 행성 자기장이 뒤틀린 탓일 수도 있고 태양광의 변화로 산림이 망가진 탓일 수도 있다. 자외선이 증가해 해양 식물이 바다를 덮은 탓일 수도 있다. 자연은 한 가지 원인으로 설명하기가 어렵다. 동일한 원인이 반대로 키바를 춥게 할 수도 있었다. 자연에 생겨난 상처는 사람에게 생겨난 상처처럼 양극단 어딘가로 움직이는데 어느 극으로 갈지는 모른다. 중요한 것은 태양광에서 쏟아지는 유해한 것들과 대낮에 작열하는 열기가 우리가 견딜 수 있는 선을 넘어섰다는 것이다.

도시는 지하로 숨었다. 행정 부처와 회사도 지하에 자리를 잡았다. 초고층 건물 대신 초저층 건물이 생겨났다. 집을 가진 사람들은 마룻바닥을 뜯어 땅굴을 파거나 지하실을 주거 공간으로 개조했다. 그럴 여력이 없는 사람들은 조용히 예전의 삶을 이어갔다. 지구에서 이민 선단을 보내온다는 소문이 돌았고 우리는 그때까지만 태양을 피해 달아나면 된다고 생각했다. 지구는 시간 감각이 빠른 별이니 몇 주만 견디면 된다고 생각했다.

자동차는 장담할 수가 없다. 도로는 선로처럼 고르지 않다. 배는 풍랑을 예측할 수가 없다. 비행기는 이제 아무도 타려 하지 않는다. 인간이 견딜 수 있는 멀미의 수준을 생각해도, 기차는 우리가 선택할 수 있는 가장 안전한 이동 수단이었다.

이민 선단은 아직까지 오지 않았다. 앞으로도 오지 않을 것 같다. 지상에 남은 사람들 중에는 죽은 사람도 있고 산 사람도 있다. 우리 중에도 죽은 사람이 있고 산 사람도 있다. 단지 지상에 남은 사람들은 자외선을 차단하는 검고 단단한 피부를 갖게 되었다. 태어나는 아이들은 더 단단하다. 열악한 환경이나마 견뎌낸다. 우리는 그럴 수가 없다. 달리는 것 외에는 다른 선택지가 없다. 무엇이 좋은 선택이었을지 지금도 가끔 생각하지만 결국 지나기 전에는 알 수가 없다.

## 3

기차는 시간이 지나며 작은 도시로 변해갔다. 의자가 가장 먼저 개조되었다. 마음이 맞는 사람들끼리 의자 등받이를 내려 각자의 '집'인 좌석을 합쳤다. 나중에는 웬만한 칸은 하나로 이어졌다. 혼자 온 사람도 가족이 온 사람도 단체로 온 사람도 있었지만 나중에는 모두 한 가족이 되었다.

기차를 탔다는 것 외에 우리에게는 그 어떤 공통점도 없었다. 살아온 환경도 생각도 사는 방식도 모두가 달랐다. 하지만 하루가 지나자 모두가 비슷해졌다. 사흘이 지난 뒤에는 하나같아졌다. 어쩌면 생각에도 자장 같은 것이 있어, 너무 가까이 붙어 살다 보면 다른 생각을 하기 어려워지는지도 모르겠다. 우리의 경험은 동일했고 매 순간이 같았다. 아는 것이 같아 나눌 이야기도 없었다.

우리는 늘 밖을 보았다. 하늘은 늘 푸른 기가 도는 분홍빛이었다. 해머리는 지평선에 못 박혀 있었다. 새벽 별들도 그 자리에 머물렀고 키바의 공전에 따라 아주 조금씩만 자리를 틀었다. 줄무늬큰뿔소와 점박이큰사슴 무리가 우리와 함께 달렸다. 그들은 먼지를 일으키며 제자리걸음을 하는 큰 벽화처럼 보였다. 기차에서는 시간이 멎는다. 어른들은 늙어갔고 우리는 나이가 들었지만 시간은 흐르지 않았다. 한 세대를 여행했지만 떠나온 시간에 계속 머물렀다.

언젠가 내가 창밖을 하염없이 보았던 적이 있다. 정신이 들고 보니 우리 차량의 모든 사람이 내가 보는 방향을 보고 있었다. 내가 "저기에는 아무것도 없어요. 난 그냥 딴생각을 하고 있었을 뿐이에요"라고 말하려 했지만 사람들은 눈을 떼지 않았다. 내게 반응하는 사람도 없었다. 나는 이 일을 시작한 사람이 나라는 것을 들킬까 두려워 도로 그 방향에 시선을 못 박았다.

우리는 그리 많이 생각하지 않았다. 기차는 우리를 피로하게 했고 뭔가를 생각하기에는 늘 피로했다. 누군가가 간혹 생각을 하면 그 생각은 전체의 것이 되었다. 때로는 그 의견이 남의 의견이었는지 내가 처음부터 그렇게 생각했던 것인지도 헷갈렸다. 일을 할 때는 대화 없이도 일사불란하게 움직였다. 차량이 역에 선 잠깐 사이에 귀신같이 정비를 마치고 도로 기차에 올랐다. 정착민들은 그 일사불란함에 혀를 내둘렀고 우리는 가끔 그것을 자랑스러워했다.

어렸을 때 나는 '나'라는 표현을 많이 썼지만, 이제는 거의 쓰지 않는다. 지금은 나를 부를 때도 간혹 '우리'라고 부르곤 한다.

우리는 계속 어떤 과정 사이에 있었다. 마음을 정착할 수가 없었다. 하염없이 무엇인가를 기다렸다. 무엇을 하려 하든 '아아, 그래, 도착한 다음에 해야지' 하고 생각했다. 떠날 곳도 도달할 곳도 없는데도 불구하고.

## 4

처음에는 우리 말고도 많은 사람이 각자의 차를 몰고 여행길에 올랐다. 초반에는 선글라스를 쓰고 가죽옷을 입고 시끄러운 음악을 틀며 기차를 향해 야유하는 패거리도 있었다.

캠핑카나 트럭에 사람을 가득 태우고 엉금엉금 달리는 차도 있었다. 그들이 오래 버티리라 생각한 사람은 그들 자신밖에 없었다.

이틀이 지나자 거의 짐승들만이 남았다. 그 뒤에도 온몸에 차도르를 두르고 걷는 상인들이 있었다.

그리고 지금은 한 사람만이 달린다. 지프를 모는 그 남자.

우리는 늘 창으로 그 사람을 본다.

그와 우리의 속도는 다르다. 그는 우리와 달리 때가 되면 잠을 자야 한다. 그 사람이 우리 옆을 지날 때는 빠르게 지나쳐 간다. 때로 우리는 지프에 팔짱을 끼고 잠든 그를 보면서 지나간다. 가끔은 그가 기차가 지나는 소리에 깨어나 우리를 바라본다.

그가 시야에서 벗어날 때도 있었다. 우리는 기찻길을 따라 갈 수밖에 없지만 그는 지름길이나 차가 다니기 편한 길, 먹을 것을 구할 수 있는 곳이나 몸을 씻을 곳을 아는 것 같다. 그의 경로는 매일 조금씩 정교해졌고 나중에는 그의 바퀴 자국을 따라 이동하는 작은 짐승 무리까지 나타났다. 짐승들이 그 사람이 쉬던 자리에서 쉬고 그 사람이 고쳐놓은 우물에서 물을 마셨다.

어떤 사람들은 그가 대단한 정비사일 거라고 했다. 그러니까 그 차가 여태껏 굴러가고 있을 거라고. 아닐 거라는 이야기도 있었다. 그는 차에 지붕을 만들어 쓰고 다녔는데, 볼 때마다 지붕이 바뀌는 걸 보면 뭘 튼튼하게 만드는 법을 모르는 것 같다고 했다. 대나무와 포대 자루를 엮어 만든 꽤 괜찮은 것이 있었는가 하면 조잡한 슬레이트 판이나 살이 다 나간 우산일 때도 있었다.

그저 몇 가지 행운이 겹친 결과라고도 했다. 통계의 우연에 의해서도 전쟁터에서 사람이 다 죽는 것은 아니지 않는가 했다. 꼭 대단한 전사거나 영웅이라서 살아남는 것이 아니다. 그저 운 좋게 운명이 비껴간 것이다.

열흘이 지나고 스무 날이 지난 뒤에야 우리는 그 사람을 기차에 태울 수도 있었다는 생각을 했다. 하지만 어떤 일은 시기를 놓친다. 우리는 모두 그의 여정이 조만간 끝나리라 믿었다.

하지만 그는 매 순간 그 믿음을 배반했다. 도시는 흘러가고 땅은 멈춰 서지 않고 아름다운 풍경도 한순간에 지나가건만, 오직 해와 별과 그 사람만이 우리 옆에 멎어 있었다.

남자의 지프에는 혼 비슷한 것이 깃든 것 같았다. 지프는 늙은 암말 같았고 상처 입은 충직한 사자 같았다. 털털거렸고 성한 곳이 없었지만 예고 없이 서는 일도 문제를 일으키는 일도 없었다. 우리는 그 차가 수명을 다할 땐 한순간에 생을 마감할 것이라고 했다. 죽는 순간까지 달리다가 선 채로 죽는 점박이큰사슴처럼.

우리는 간혹 그 사람의 꿈을 꾸었다. 꿈속에서 남자는 창을 들고 달려와 차량 연결고리를 끊기도 했고 지프에서 박격포를 꺼내 기관실을 부수기도 했다. 종종 회의를 하다 보면 '적'의 침입을 막기 위해 경비를 서야 한다는 이야기가 돌았고 그때마다 모두가 자연스럽게 그 남자를 떠올렸다.

우리는 물과 식량과 기름을 사기 위해, 또 차량을 정비하기 위해 기차역에 선다. 지금 기차는 행성을 이동하는 유일한 차량이다. 우리는 정착민들에게 배달이나 편지 심부름을 받고, 기차 안에서 만든 술이나 손뜨개 옷을 판다. 간혹 막대한 돈을 받고 승객을 태운다.

그 사람과 우리는 가끔 정거장에서 만난다. 우리는 한 번도 그에게 말을 붙여본 적이 없다. 그 역시 한 번도 우리를 향해 말을 걸어본 적이 없다. 거래하는 동안 우리는 보이지 않는 벽이 가로막힌 것처럼 각자 정착민과 대화한다.

사람들은 그가 우리를 증오하기 때문이라고 했다. 혹은 경멸하기 때문이라고 했다. 복수할 마음을 품고 있기 때문이라고도 했다. 하지만 나는 그가 우리와 말을 섞지 않는 이유를 달리 생각했다.

나는 그가 자신을 사라진 옛 시간선에 남은 유일한 생존자로 상상한다고 생각했다. 그의 동반자인 차를 포함해서, 제 옆에서 같이 달리는 길고 투박한 몸뚱이를 가진 거대한 기계 생물과 함께 살아간다고. 그의 입장에서 우리는 큼지막한 생물의 안에 사는 기생충이나 바이러스나…… 뭔가 나쁜 느낌이 나지 않는 말이 있으면 좋겠는데…… 개별로서는 인격이 없는 군집생물 같은 것이려니 싶다.

나는 가끔 그 사람에게 가서 기차에서 직접 담근 술이나 설탕물을 건네는 상상을 하곤 했다. 눈을 마주 보며, 이름이 뭐예요, 전에는 어디 살았나요, 같은 시시한 질문을 던져보고 싶었다.

하지만 만약 내가 그와 눈을 마주한다면, 그는 나를 기차 안에 사는 기생충이나 바이러스나 뭐 그런 군집생물의 부분체가 아니라 한 명의 사람으로 생각하기 시작할 것만 같았다. 그러면 그는 기차 옆을 달리며 내가 사는 차량이나 내가 앉은 좌석의 창문을 들여다보기 시작할 것이다. 그 사람은 언제고 내게 지나가듯이 질문할지도 모른다.

'그런데 그 기차에 혹시 빈자리 없니?'

혹은,

'너희는 왜 아직도 나를 태워주지 않는 거니?'

나는 그 사람이 그런 질문을 할까 봐 두려웠다. 나로서는 답을 해줄 수가 없었기 때문이다.

그러면 그는 이제 기차가 지나갈 때마다 생각할 것이다. 너는 나를 기차에 태워줄 수 있는 유일한 사람인데, 어째서 계속 외면하는 거지? 왜 차장에게 한번 말이라도 해주지 않는 거니? 그의 가슴에 싹튼 소망은 증오로 바뀔 것이다. 나는 이 기차 전체를 대표해서 그의 증오를 받게 될 것이다.

어린 마음에도 나는 이 모든 것을 상상했고 그 상상은 신화적인 면은 있되 허무맹랑하지는 않았다. 그는 우리보다 먼저 종말에 이를 것이고 그 스스로도 알고 있었다. 나는 필연적인 종말을 향해 달리는 그 힘없는 사람을 두려워했고 내가 알기로는 우리 모두가 그랬다.

## 5

우리가 그날 왜 멈췄는지는 아무도 모른다. 지금까지 다른 모든 여행자의 운명에 무심했으면서도. 왜 내버려두고 떠나지 않았을까.

오랫동안 기차를 끌었던 기관사가 이미 사라져버린 옛 시대의 조난자 구조 지침을 떠올렸을지도 모른다. 차장을 비롯한 기차 위정자들은 그토록 오랫동안 우리를 조롱해왔던 이 잘난 아웃사이더를 향해, 마침내 (당연한 일이지만) 우리가 승리했다는 우월감을 향유하고 싶었을지도 모르겠다. 아니면 우리는 미지의 위협이었던 그 남자를 오직 그때만 위험 없이 손쉽게 잡아들일 수 있으리라 생각했을지도 모른다.

그 사람은 패배한 짐승처럼 얌전히 기차를 향해 걸어왔다. 그는 처음 여행을 떠났을 때보다 한참 늙어 있었다. 승무원들이 내려 그를 둘러싸 작은 침대칸에 가뒀다.

기차가 출발하자 다시 시간이 멎었다. 해는 지평선 머리에 붙들렸고 새벽 별들은 회전하는 일 없이 자리를 지켰다.

그 사람은 우리에게 말을 걸지 않았고 우리도 그에게 말을 붙이지 않았다. 서로를 인간이라기보다는 동떨어진 미지의 세계를 살아가는 낯선 생물처럼 대했다. 나는 때로 그 사내가 큰 짐승에게 삼켜져 뱃속에 갇힌 기분에 빠져 있다는 생각을 했다.

우리는 그를 감시했고 굶기기도 했고 때로는 구타도 했다. 혹시나 있을지도 모르는 이빨과 어디엔가 숨겨놓았을 증오를 탐지했다. 남자는 아이처럼 얌전했다. 호의도 적의도 없었다. 폭풍이 지나기를 기다리는 사람처럼 잠이 들고 또 깨었다.

정거장에 이르자 그 사람은 차에서 내리려고 했다. 우리는 그 사람이 단지 내리기를 원했기 때문에 내리는 것을 막았다. 만약 붙어 있으려 했다면 어떻게 해서든 쫓아냈을 것이다. 그 사람이 하려는 일이 무엇이든 어떤 미지의 음모의 일

환일 것이며, 그 목적은 우리에게 해를 끼치는 것이라고 믿었다. 역에 설 때마다 지역 주민들은 그 사람이 갇힌 칸에서 사람을 구타하는 소리를 들을 수 있었다.

몇 번인가 소란이 있었던 뒤에 누군가가 소리쳤다.

"하고 싶은 대로 하게 해. 어차피 아무것도 못 할 테니까."

그러자 우리는 약속이나 한 듯이 멈췄다. 우리에게 반대 의견이라는 것이 없다. 지프를 타던 사내는 침묵 속에서 일어났다. 그리고 모두의 시선을 받으며 밖으로 나갔다.

기차역 거주민들은 그 사람의 시퍼런 눈두덩과 찢어진 입술을 보고도 아무 말도 하지 않았다. 그들에게 중요한 것은 그 사람이 가진 돈이었지 몸 상태가 아니었으니까. 그는 여느 때처럼 상인들을 만났고 신중하게 물건을 골랐다. 그리고 밸브며 벨트며 렌치와 실린더와 펌프 같은 것을 한 아름 들고 기차로 돌아와 제 감방으로 들어갔다.

그는 다음 정거장에서는 새 오일과 배터리와 전선을 샀다. 우리는 곧 알게 되었다. 남자는 새 엔진을 만들 생각이다. 지프에 새 심장이 필요한 것이다. 모래 구덩이를 박차고 빠져나올 만큼 기운 센 것으로. 그제야 우리는 처음부터 사내가 이럴 생각으로 기차에 탔다는 것을 알았다. 그의 친구, 그의 집, 그의 고향인 지프를 살려내려면, 그리고 다시 그 자리로 돌아가려면 그는 이 기차를 타고 하루 동안 행성을 한 바퀴 돌아야 했다. 이 행성에서 달리는 탈것은 지금 이 기차밖에 없었으므로.

이제 우리는 그의 목적을 알았지만 여전히 이해할 수는 없었다. 어차피 그의 목적이 행성을 도는 것이라면, 왜 이처럼 편안하고 안전한 기차에 머물지 않고 굳이 그의 초라한 지프로 돌아가려 한단 말인가?

지프는 죽었을 것이다. ……그렇지 않은가? 사람 손을 타지 않는 기계는 순식간에 죽는다. 설사 짐승 떼가 밟고 지나가거나 모래 폭풍이 덮어버리지 않았다 해도, 끓는 태양이 이미 차 거죽을 조각조각 말라 부숴놓았을 것이다. 모래 먼지가 들어와 혈관을 막고 실린더 틈새를 가득 채웠을 것이다. 엔진오일이며 냉각수는 벌써 다 말라버렸을 것이다. 작은 짐승들이 벌레처럼 모여들어 시트에 구멍을 뚫고 알을 낳거나 새끼를 기르고 있을 것이다. 그런데 그는 벌써 죽었을 동료의 시체에 심장 수술을 하러 돌아가겠다는 것이다. 되살린다 해도 언제 죽을지 모를 노쇠한 동료를 위해서.

우리는 때때로 그의 방에 쳐들어가(굳이 그럴 필요도 없으면서) 한쪽에서는 그에게 발길질을 하고 다른 쪽에서는 그가 만든 엔진을 헤집었다. 안에서 폭탄도 비밀 단체의 쪽지도 발견되지 않으면 어디에 숨겼느냐며 그를 다그쳤다.

그는 거의 아무 말도 하지 않았다. 어쩌면 할 말이 없었을

지도 모른다. 우리가 철새나 줄무늬큰뿔소 한 마리를 잡아와 다그치며 무슨 목적으로 그렇게 쏘다니느냐고 물어도 그들은 할 말이 없었을 것이다. 한바탕 심문이 끝나면 우리는 그의 엔진을 반쯤 부수어놓았다. 그러고 나면 그는 며칠은 잔해 앞에 고개를 숙이고 앉아 움직이지 않았다. 다음 역에서 그는 다시 부품을 샀고 다시 엔진을 만들었다.

그가 우리를 해칠 마음만 먹었다면, 선로에 돌덩이 같은 것을 올려놓거나 열을 가해 약간 휘게 만드는 것만으로도 간단히 기차를 전복시킬 수 있었을 것이다. 기차 바깥에 사는 누구나 마음만 먹으면 그렇게 할 수 있었다. 바깥의 누구도 우리를 해치려 들지 않았기에, 세상 전체가 용인했기에 우리가 생존해왔건만, 아무도 거기까지는 생각이 미치지 않았다.

어쩌면 우리는 그 사람이 미지의 음모를 꾸미고 있다는 생각에 너무 몰입한 나머지, 실제로 그 사람이 그런 사람이 아니라면 모두 어떻게 되어버릴 것 같았는지도 모르겠다. 우리는 내내 그 확신에 대한 증거를 찾아 헤맸다. 우리가 행한 학대에 대한 이유 역시 찾아내야 했다. 그러지 않으면 모든 것이 잘못되고야 말 것이라는 기분에 사로잡혔다.

## 6

만 하루가 가까워지자 기차는 그 사람을 태웠던 자리에 접근해갔다. 선로는 하나였기에 다른 길로 돌아갈 수도 없었다. 정찰대를 겸하는 선두 차량에서 지프를 발견했다고 연락해왔다. 우리는 한층 더 포악해졌다. 두 괴물이 조우하여 정체불명의 사태를 일으키기 전에 해결을 보아야 했다.

그 사람이 무력하게 얻어맞는 동안 나는 그가 완성해놓은 엔진을 향해 걸어갔다. 잘 만든 심장이었다. 차에 끼우기만 하면 몇 주는 펄펄 날 것 같았다.

나는 엔진에 발을 올려놓았다. 지프에 이르기까지 남은 역은 없고 남자는 이제 엔진을 만들 시간이 없다. 어쩌면 돈도 더 남아 있지 않을 것이다. 지금 이 엔진을 부수면 남자는 꼼짝없이 하루를 더 기차에 남아야 한다. 그러면 다 끝난다. 지프가 경이로운 인내로 하루는 끓는 태양과 얼음 같은 밤을 견뎠을지 몰라도 다음 하루는 견디지 못할 것이다. 그러고 나면 우리처럼 땅에 발을 붙이고 살 수 없는 이 남자에게 달리 무슨 선택의 여지가 남겠는가? 이 사람은 죽거나 기차에서 살거나 어느 한쪽을 택해야 할 것이다. 어느 쪽도 즐겁게 고르지 못할 것이다. 그러면 어긋난 세상의 톱니 하나가 사라지거나 원래 있었어야 할 자리로 들어올 것이고 우주의 질서는 바로잡힐 것이다.

나는 내 발길질 한 번에 우주의 운명 하나쯤은 부수고도 남을 도취감에 빠져 그를 바라보았다. 얻어맞던 그가 나를 바라보았다. 나는 이제야말로 그의 눈에서 우리가 찾아 헤매던 어떤 비인간성의 증거, 숨겨왔던 증오의 발톱을 드러내리라고 믿어 의심치 않았다. 그것을 발견하자마자 나는 그의 우주를 부수고 남은 것이 없는 그의 운명을 마음대로 할 생각이었다.

하지만 그는 그러지 않았다.

"○○."

대신 내 이름을 불렀다.

나는 그 사람이 내 이름을 알리라고는 생각도 해본 적이 없었다. 어디에서 들었을까. 혹여 기차에 타기 전의 나를 알고 있었을까. 내가 어려 기억하지 못했을 뿐 같은 마을에 살기라도 했을까.

나는 오랫동안 이름으로 불린 적이 없었다. 우리는 오랫동안 서로를 이름으로 부르지 않았다. 우리는 차량번호나 번호표였고 승무원이나 정비사나 요리사였다. 내가 아직 어린아이였을 때에는 이름으로 불렸다. 한 해 전에만 해도 나는 아직 어렸고, 독립된 사람이었으며 기차에 녹아들지 않았었다. 그때 나는 정거장에서 그를 바라보며 그 사람에게 말을 거는 상상을 했었다. 인간과 인간으로서 마주하는 상상을 했다.

"그만둬."

그는 차마 고개조차 들지 못한 채, 질책과 애원이 같이 섞인 목소리로, 무엇을 어찌할 수도 없다는 무력감이 섞인 목소리로, 그 한마디에 인간에 대해 마지막 남은 모든 신뢰를 담은 채로.

## 7

사람이 이해할 수 없는 대상에 대한 공포에 사로잡혀 있을 때는 좋은 판단을 하기가 쉽지 않다. 공포에 사로잡혀 있지 않을 때도 쉬운 일은 아니다. 변명할 마음도 자책할 마음도 없다. 당신도 이 안에서 살아간다면 나만큼도 쉽지 않을 것이다. 통상 우리에게 반대 의견은 없고 누군가가 생각을 하면 그 생각은 전체의 생각이 된다. 그래서 그때 내가 한 판단은 우리 모두의 판단이 되었다.

삶은 계속 이어졌다. 고단했지만 익숙했다.

새들은 삶의 일부가 된 비행을 계속했다. 줄무늬큰뿔소는 지도자의 인도를 따라 들판을 달렸다. 태양은 뜨는 일이 없었다. 우리는 늘 새벽에 머물러 있었다. 행성은 변해가고 식물과 동물은 새 환경에 맞춰 진화해갔지만 우리는 정지한 시간 속에 머물렀다.

우리는 때로, 그 자신이 만들어낸 길 한가운데 멈춰 선 지프를 지나쳐갔다. 그러면 지프는 부스스 잠이 깨어 시동을 건다. 그 녀석은 이제 생물에 필적한 뭔가를 갖고 있다. 올라탄 주인이 굳이 주름진 손으로 핸들을 틀지 않아도 혼자 길을 고르고, 위험을 감지하거나 길에 튀어나온 자갈 따위를 피할 줄도 안다. 그리고 때로는 멈춰 서서 우리가 치익치익 숨을 내쉬며 선로를 달리는 것을 바라본다. 호의도 적의도 없이. 지난 시대의 유물 같은 낡은 생물을. 그의 시간선에 남은 유일한 동반자를.

● 이 작품은 장마르크 로셰트·자크 로브·뱅자맹 르그랑의 《설국열차》(이세진 옮김, 세미콜론, 2013), 듀나의 〈태평양 횡단 특급〉(《태평양 횡단 특급》, 문학과지성사, 2002), 호시노 유키노부의 〈불타는 사나이〉(《스타더스트 메모리즈》, 김완 옮김, 애니북스, 2010), 제프리 A. 랜디스의 〈태양 아래 걷다〉(필립 K. 딕 외, 《저 반짝이는 별들로부터》, 정소연 옮김, 창비, 2009), 로저 젤라즈니의 〈지옥의 질주〉(《드림 마스터》, 김상훈 옮김, 행복한책읽기, 2010) 모두의 영향을 받았음을 밝힌다. 생텍쥐페리의 《어린 왕자》의 이 장면까지 포함해서.
"아저씨 별은 작으니까 세 발짝만 움직이면 한 바퀴를 돌 수 있잖아요. 그러니까 언제든지 해를 볼 수 있게 천천히 걷기만 하면 돼요."
"그건 내게 별로 도움이 안 돼. 내가 정말 하고 싶은 것은 잠을 자는 것이니까."
— 앙투안 드 생텍쥐페리, 《어린 왕자》, 김미성 옮김, 인디고, 2006, p. 129.

# 귀신숲이 내리다

나는 버짐이 피고, 갉아 먹히고, 녹슬고, 뭉글뭉글해지고, 썩고, 벌레 먹고, 악취를 풍겼다. 사람들의 행복한 웃음은 투덜거림으로, 투덜거림은 욕지기로, 욕지기는 공포로 변해갔다.

다시 아침이 온다. 내 귀신 들린 아침이.

## 1

'침입자'는 내 입 주변에 돋아난 산호를 어루만지고 있었다. 호기심에 들뜬 손길이다. 나는 그 손길에 깃든 어수선함이 거슬렸다.

'산호'는 별칭이다. 내 피부를 뒤덮은 것들의 실제 이름은 복잡한 알파벳과 숫자로 이루어진 학명이다. 그것조차 강(綱)의 명칭일 뿐 개개는 이름조차 없다. 식물의 외관에다 광물처럼 딱딱한 외골격이 있는 군체동물이니, 따지자면 산호에 가깝다 할 수 있겠다.

사람 눈에 보이지 않을 만치 작은 유생일 무렵 내 환풍구와 배출구를 따라 흘러가 외벽까지 진출한 이들의 후손이다. 바깥에 접하는 부위는 급속도로 굳힌 뒤 그 안에 숨어 외피를 밀어내며 자란다.

침입자는 흔히 '호버(hover)'라 부르는 범용 장갑복 차림이었다. 안에 사람이 들어 있기야 하겠지만 선팅에 가려 보이지 않는다.

사람보다 다소 큰 몸집에 통통한 체형, 붉은 도색으로 멋을 낸 것이다. 머리는 반원형에 팔은 길고 튼튼하며 다리는 그에 비하면 작달막한 편이다. 투박한 모델이고 기술력은 대부분 손가락 말단에 쏠려 있을 것이다. 그 부분은 생물처럼 말랑말랑하며 지문과 촉각 센서도 있다.

장갑복이 우주복보다 덜 고되다고 들었다. 솜이불처럼 둔중한 우주복을 입고 작업하다 보면 손끝이 문드러지기도 하고 심하면 손톱도 빠진다. 장갑복은 그보다는 쉽게 손을 움직일 수 있고, 안에서 기지개를 펴며 쉬거나, 축축한 기저귀를 차는 대신에 문명인처럼 의자 아래 흡입구에 소변을 볼 수도 있다. 대개는 팔다리를 관절 안에 끼워 움직이지만, 원하면 자동차처럼 앉아서 조종할 수도 있다. 말하자면 특별히 오래 훈련받지 않아도 입을 수 있는 우주복이랄까.

호버가 손을 움직였다. 흠, 수화였다. 동작 인식은 요새 음성 인식보다 많이 쓰인다. 우주에는 소리가 없고 기계가 알아들을 만치 정확한 문법과 발음으로 말할 수 있는 인간은 예나 지금이나 많지 않은 편이다. 두 방식 모두 써본 사람들 말로는 음성보다 동작이 오류가 없다고 한다.

여러모로 오늘 나를 찾아온 사람들이 전문가는 아닐 가능성이 높다는 뜻이다. 국가기관이나 국제우주센터 놈들이 아니라는 소리. 애초에 그런 놈들이었다면 몸에 덕지덕지 붙이고 있어야 할 국기나 마크도 없다. 민간 회사, 하청 업체, 뜨내기들이다. 그건 괜찮은 일로 왔을 리 없다는 뜻이고.

귀찮았다. 지난 37년 3개월하고도 하루 동안, 번잡한 인간들로 북적이는 일 없이, 이 심해 같은 고요 속에서 고즈넉하게 잘 지내왔건만…….

호버의 수신호를 따라 내 입구 주변에 푸른 선으로 홀로그램 지도가 그려졌다. 호버는 지도를 손으로 짚어가며 입구 형태를 확인한 뒤 주머니칼과 기계손으로 산호 제거 작업을 시작했다.

방금 전 호버는 사람 다섯 욱여넣으면 다 찰 법한 작은 원뿔형 쪽배에서 나왔다. 내게 접근한 뒤 삽입봉을 내밀어 내 삽입구에 끼워 정박하려 했다가, 구멍이 온통 산호로 뒤덮인 것을 알고 한참 우왕좌왕하더니, 결국 안에서 선원이 직접 나와 청소하는 중이다.

표피에서 떨어져 나간 산호 파편이 눈발처럼 흩날렸다. 빛나는 조각이 물고기처럼 내 '테'를 향해 흘러간다.

내 주위는 테로 둘러싸여 있다. 산호 사체, 한때 내 안에 머물던 인간의 배설물, 노폐물, 잡다한 쓰레기, 그 외의 온갖 부산물로 이루어진 테.

먼 옛날 연구자들 정도나 우주에 진출했을 때는 그래도 열심히 쓰레기를 수거해 갔지만, 평범한 사람들도 우글우글 우주를 오가게 된 이후로는 그런 통제는 애초에 불가능해졌다. 오물 처리 비용이 감당이 안 되던 관리자들은 우리 주위에 대충 자기장을 둘러 토성의 고리처럼 쓰레기를 두르는 길을 택했다. 이 테가 일종의 '피부'처럼 우주를 날아다니는 데브리들을 막아주는 효과도 있다고는 하던데, 글쎄.

풍장(風葬)하는 풍습이 있던 어느 거주구는 시신들로 이루어진 테를 두르고 있다던가. 그것도 나름 장관이라 성묘하는 이들로 북적인다고도 들었다.

내 테에도 떠도는 시신이 한 구 있다.

우주에서도 시신이 조금은 썩는다. 우주에는 미생물이 없어도 시신 안에는 있기에……. 그녀가 죽은 뒤에도 장내 박테리아가 3년쯤 더 살아 있었기에 다소 뜯어 먹혀 좀 허름해졌고, 방사선에 약간 탔고, 저압 진공에서 탈수되어 미라나 꼭 짠 빨래처럼 보이기는 하지만.

울적한 날이면 나는 그녀를 바라보며 시간을 죽이곤 한다. 더 울적한 날이면 그녀가 찬 목걸이에 든 어린 딸 사진도 투시 카메라로 들여다본다. 마지막까지 나를 사랑해준 유일한 사람이었으니. 다 지난 일이기는 하지만.

「들은 대로…….」

네트워크를 통해 호버에 탄 사람의 목소리가 들려왔다.

「아름답네, 산천(山川).」

산천, 내 이름이다. 폐기된 지 37년이 지난 우주 요양 병원.

「반하겠어.」

나는 조롱인가 싶어 호버를 물끄러미 보았다. 내가 아름답다고 들었다고? 어디서?

「이토록 아름다운 것이라면 아무리 저주받았거나 귀신에 들렸다 해도 찬양하고 싶어지는데.」

아, 조롱인가 보군. 그 말을 들으니 문득 나를 떠나던 인간들의 표정이 떠올랐다. 핼쑥한 얼굴, 진절머리를 내던 몸짓, 내뱉던 욕설과 악담, 저주와 경멸, 코를 틀어쥐거나 구역질을 하며 속을 게워내던 모습들.

인간들의 표현에 의하면 나는 몸의 반이 기계인 좀비가 무덤에 백 년쯤 묻혔다가 구더기에게 먹히고 부패하고 녹슨 뒤 푹푹 찌는 장마철에 꺼낸 듯한 냄새를 풍겼다. 나중에는 내 안에서 지은 밥에서도 천 년쯤 삭힌 맛이 난다고 했다.

우주는 냄새가 빠지지 않는 곳이다. 입자가 흩어지지 않고 환기할 방법이 없어서다. 우리 대부분이 역한 쇳내에 더해 평생 안 씻는 사람이 창문과 문을 꽉꽉 닫아걸고 사는 독방처럼 퀴퀴한 내음을 풍긴다. 하지만 내 악취는 그 수준을 한참 넘어서 있었다. 다들 지옥 최하층이 있다면 나 같은 냄새가 나리라 했다.

「나는 자유해방전선의 나우림.」

호버 안에 있던 사람이 목청을 가다듬으며 말했다. 기록을 하는 듯했다. 자유해방전선이라, 회사 이름치고는 이상하다 싶었다.

「지금부터 내 눈에 비치는 것들을 기록할 필요를 느낀다. 우리는 영상기록장치나 사진기를 가져오지 않았다. 관광이나 탐사를 위해 온 것이 아니므로……. 할 만한 것은 음성 기록뿐이다. 이 기록에 증거를 제시할 수도 없을 것이다. 세상에 알려져도 우리의 집단 환각이나 거짓말로 여겨질 가능성이 높다. 물론 막중한 임무를 앞에 두고 이럴 여유가 없다는 것도 안다.」

막중한 임무라. 그 말을 듣자 어쩐지 불편해졌다. 폐기된 지 오래된 내게 무슨 막중하고 자시고 할 일이 있단 말인가?

「무의미한 일이다. ……그래도 기록하고 싶다. 우리 외에는 이제 다시는 아무도 이 풍경을 볼 수 없을 테니까.」

다시는, 아무도. 그 말을 듣자 나는 더욱 불편해졌다.

## 2

호버는 쪽배에 연결된 안전줄을 손으로 잡아당겨 되돌아가며 기록을 이어나갔다.

「산천은 우후죽순으로 우주 거주구가 생겨나던 무렵에 만들어진 실험적인 구조물 중 하나였다.」

호버는 공기 분사로 몸을 틀어 나를 응시하며 말을 이었다. 머리 방향은 계속 내 테를 향한다. 내가 이토록 괴이한 모습이건만, 무엇보다도 그 테가 못내 신기한 모양이었다.

「산천은 지름 1킬로미터가량의 얼음 소행성을 중심에 두고 지표에 방사형으로 지주대를 박은 뒤, 그 끝에 너트처럼 납작한 육각형 프리즘 형태의 모듈을 달아 벌집처럼 연결해 소행성 전체를 둘러싸 만든 거주구다. 태양광 패널을 북극으로 생각했을 때, 남위 30도 서경 30도쯤 부근 모듈 세 개가 파손되어 안쪽의 소행성이 훤히 들여다보인다. 마치 심장에 투명한 보석을 품은 벌집무늬 진주 같다.」

얼음 심장, 내 자랑거리다. 과거에 나를 홍보할 때 빠지지 않고 언급되는 점이기도 했고.

우주에서 가장 중요한 자원은 따지고 보면 물이다. 애초에 생명의 필수 조건은 물이다. 미생물 중에는 초고온과 극저온을 견디거나, 무산소 환경에서 거의 먹지 않고도 생명을 유지할 수 있는 생물도 더러 있지만, 그들마저도 결국 최소한의 물이 없으면 살 수 없다. 물은 분해해서 생물의 호흡에 필요한 산소와 내 에너지 자원인 수소도 얻을 수 있다. 나는 말하자면 변칙적인 형태로 내부에 바다를 품은 인공 행성이라고나 할까.

소행성 '한라'가 지구 가까이에서 발견되고, 그 구성 물질이 식수로도 쓸 수 있는 순수한 얼음이라는 것이 밝혀진 뒤로 여러 회사에서 군침을 삼키며 눈독을 들여왔었다.

내가 완공된 초기에는 다들 사랑해주었다. 내 안에는 산소와 물이 넘쳐났고 유지 비용도 경이적으로 쌌다. 천상 낙원이라고들 했다. 내가 영구 순환 생태계가 되었다는 홍보도 대대적으로 있었다.

하지만 다른 문제가 삽시간에 나를 뒤덮었고, 이후 나 같은 거주구는 다시는 생겨나지 않았다.

「그 진주가 파손된 자리마다, 입구와 틈새마다 산호가 자라나 있다. 마치 차단막을 씌운 땅에서 틈을 비집고 자라난 잡초처럼. 산호는 대부분 백색이지만 간혹 보라색이나 청색도 눈에 띈다. 지구의 산호와 같은 원리라면 체내 미생물의 색깔일 것이다. 이 절대적인 죽음의 우주에 노출된 산호가 살아 숨 쉬고 있다는 뜻이다.」

가벼운 웃음소리.

「산천이 귀신 들렸다는 소문은 익히 들었지만, 이리 가까이서 보자니 무섭도록 아름답다. 이대로 불태워 없애버리기 아까울 정도다.」

그 말로 나는 알 수 있었다.

이 인간들은 나를 파멸시키러 왔다.

## 3

호버가 귀환한 뒤 쪽배는 나와 결합했고, 서로 압력을 맞추는 작업에 들어갔다. 압력을 맞춘 뒤에도 배는 공기 누출 점검을 위해 한동안 대기했다. 만전을 기하는 것이 버릇인 우주인들은 대기에 하루 이상 소비하기도 한다.

우주는 천상이지만 심해와 같다. 나 같은 거주구도 비행기가 아니라 잠수함에 가깝다. 이런 도킹 절차에서부터, 모든 업무를 창공이 아니라 심해를 생각하고 하면 얼추 들어맞는다. 우주는 뜨거나 내리는 곳이 아니다. 부유하고 떠돌며 고립되고 방향을 잃는 곳이다. 우주인은 비행기 조종사가 아니라 잠수함과 선박 승무원에게서 위기 관리법을 배운다. 우주가 하늘이지만 바다에 비유되는 이유다.

나는 인간들의 진입을 기다리며 생각에 잠겼다.

아무래도 한 달 전에 나와 같은 궤도에 있던 불법 도박장 녀석이 추락한 것이 원인이겠거니 싶었다. 그 친구는 지구 법망을 피해 생겨난 부자들 유흥 시설 중 하나였는데, 나보다 더 상태가 엉망이었다. 우주 데브리에 두 번쯤 맞아 반파되었고 폭발도 여러 번 있었다.

기본적으로 우리는 지구에서 높이 띄운 뒤 수평으로 충분히 빠르게 날려서, 추락하는 각도를 지구의 곡률에 맞추는 것으로 궤도에 올려놓는다. 이론상 우주는 마찰력이 없어 한 번 가속하면 계속 날 수 있다지만, 이리 멀리 떨어져도 미세하나마 대기 저항이 있기에 우리는 차츰 속도가 떨어진다. 그래서 주기적으로 궤도를 조정하며 관리해주어야 하는데, 우리 대부분은 또 언젠가는 버려지고야 만다. 그래서 우리는 결국은 추락한다. 그게 언제냐의 문제일 뿐.

보통은 추락하다가 대기권에 진입하면서 마찰열로 녹아

없어지지만, 기본적으로 1톤이 넘는 물질은 다 타지 못하고 잔해가 지상까지 도달한다. 나는 너무나 무겁기 때문에, 추락할 때 벌집 같은 모듈 연결고리가 일일이 끊어지며 분해되어 질량을 배분하도록 설계되어 있다.

우리를 떨어뜨릴 때는 대개 '해양도달불능점'으로 불리는, 육지에서 가장 멀리 떨어진 바다에 유도해 가라앉힌다. 그곳이 우리의 공동묘지다. 친구들이 다 모이는 곳. 물론 반대로 더 높이 띄워서 우주 멀리 버리는 방법도 있지만, 그건 우리가 원격 조종할 수 있을 만큼 멀쩡하고 여분의 추진 연료가 남아 있을 때나 가능한 일.

그 도박장 녀석은 추락하다가 운 나쁘게도 대기권 경계에서 튀며 각도가 비틀렸다. 대기권도 물처럼 탄력이 있어 비껴 부딪치면 물수제비를 뜨듯 튈 때가 있다. 일부러 튀도록 유도해 속도를 줄이기도 하지만, 의도치 않게 튀면 계산이 엉망이 된다. 녀석은 예상 경로를 크게 벗어나 한 어촌 마을에 수직 낙하했다. 진입 경로가 짧아져 충분히 녹지 못했고 일대가 불바다가 되었다. 그 난리를 쳐놓았으니 다들 대대적인 거주구 청소가 시작될 거라고 수군대던 참이었다.

원래라면 나를 간단히 통신으로 유도하면 그만이었겠지만, 나를 만든 기업은 내가 폐쇄되었을 때 파산했고 관제센터도 같이 사라졌다. 그래서 굳이 이렇게 직접 찾아왔을 것이다.

예정된 일이었다. 피할 수 없는 운명이고. 새삼 서러워할 일이 아니다. 그리 생각하며 마음을 내려놓으려는 찰나, 외부 카메라에 나를 공전하는 시신이 잡혔다.

듬성듬성 남은 머리카락과 해진 몸, 광막한 공허에 몸을 맡긴 채 깊이 잠든 듯한 모습. 내게서 떨어져 나간 페트병이나 비닐봉지, 플라스틱 그릇 따위와 함께 유영하면서.

이대로 내가 불타 사라지면 그녀도 녹아 없어지겠구나. 나는 잔해나마 남겠지만 흔적조차 없이.

병원장 현아라. 내가 본질적으로 잠수함이기에 함장을 겸했던 사람. 배와 함께 침몰하는 선장처럼 마지막까지 옆에 남아주었던 사람.

나는 문득 내 농원 입구에서 부유하며 노래를 흥얼거리던 그녀를 떠올렸다. 잠금장치를 열고 문을 다 열어젖힌 채로. 그 안에 있던 온갖 균이 내 안에 전부 퍼지도록. 내가 썩은 숲에 집어삼켜지도록.

다 감상적인 문제였다. 그녀는 죽었고 그 시신에는 아무것도 없는 줄을 안다. 하지만 내게 남은 것이 감상 말고 또 뭐가 있겠는가. 내 철 지난 수명에 미련은 없으나, 나는 여전히 내 숲의 요람이며 그녀의 무덤이 아니던가. 조금쯤은 살려고 발버둥 쳐도 나쁘지 않겠지.

나는 곰곰 궁리했다.

이들이 정박한 진입로에서 중앙제어실까지 최단 경로로 오면 모듈 네 개만 지나면 된다. 직진 거리는 2킬로미터가량. 우주인들이 쓰는 공기 분사 추진제 속도가 초속 25미터 정도니, 공기 분사로 날아오고 통로가 전부 열려 있다면 80초면 지날 수 있다.

80초. 짧은 시간이다.

물론 그보다는 오래 걸릴 것이다. 내 속사정 때문에. 그 문제는 변수가 많아 예측이 어렵지만 여전히 한 시간 이상을 낙관하기는 어렵다. 한 시간도 마찬가지로 짧다.

생각을 정리한 나는 우선 경로에 있는 모듈 네 개의 표피 안쪽에 흐르는 냉각수관 점검을 시작했다. 명령을 내리자 잠시 그 부위에 흐르던 물이 끊겼다.

우주는 뜨거운 곳이다. 대기라는 보호막이 없는 우주에서는 태양 빛만으로도 온도가 120도까지도 치솟는다. 반대로 태양이 지구 뒤로 넘어가 그늘이 지면 급격히 식어 영하 180도까지도 떨어지기는 하지만, 나는 밀폐된 강철 통이고 달궈지기가 훨씬 쉽다. 땡볕에 놓아둔 자동차를 생각하면 쉽게 상상이 가리라. 우리는 지구처럼 대기를 둘러 체온 조절을 할 수 없기에 표피 안에 냉각수를 흐르게 한다.

한편으로, 물체는 뜨거워지면 늘어나고 차가워지면 줄어든다. 여기에 비하면 기온 격차가 한참 미미한 지구의 기차

철로도 여름에 휘고 겨울에 끊어지기에 사이사이를 띄워둔다. 전에 그 도박장 친구가 몇 번씩 폭발했던 것도 냉각수 펌프가 과열로 맛이 가서 표피에 물을 흘려보내지 못하게 됐고, 덕분에 고열과 냉각을 오가며 몸이 줄었다 커졌다 하면서 헐거워지다가 터져 나간 탓이었다.

아니, 뭐 내가 어쩌겠다는 것이 아니라, 어차피 나도 정기점검은 해야 하고 그게 오늘이었을 뿐이다. 고장 난 거주구가 그럴 수도 있지, 뭐.

……어차피 곧 아침이 온다.

**4**

에어로크가 둔중한 소리를 내며 열렸다. 이음매에 끼어 있던 곰팡이가 눌려 터지며 내 내벽에 검은 얼룩을 남겼다.

호버가 앞장섰다. 머리에 단 헤드라이트가 내 안을 밝혔다. 그 뒤로 마찬가지로 잠수부처럼 헬멧에 헤드라이트를 단 두 사람이 뒤따라 들어왔다. 뒤따르는 둘은 산소통만 맨 가벼운 작업복 차림이었다. 모두 헬멧이 어두워 얼굴은 흐릿했지만 호버는 빨강 도색, 나머지는 파랑과 노랑 옷이라 구분하기는 쉬웠다.

호버가 입구 가장자리를 쥐고 반동으로 몸을 안으로 밀어 넣자 그 부근에 자라던 한 무리의 종이 으스러지며 절멸했다.

그러자 내 안에 짙은 향이 퍼졌다. 긴 세월 평온하게 살던 군락이 갑작스러운 재난에 놀라 화학물질을 내뿜어 주변에 구조 요청과 위험 신호를 날린 것이다. 앞서 희생된 이들의 경고를 접수한 주변부가 어수선해지며 몸을 움츠리거나 다급히 포자를 퍼뜨려 다음 세대의 생존을 도모했다. 내가 태어난 이래 생긴 모든 냄새가 그러했듯이 이 향도 영원히 내 안에 머물 것이다.

대합실에 들어온 셋은 전진을 멈추고 한동안 부유했다.

파랑은 넋이 나갔다. 입을 벌리고 눈을 휘둥그레 뜬 채 두리번거렸다. 반면 노랑은 고양감에 상기되었다. 눈이 흥분으로 반짝였다. 호버는 선팅이 짙어 안에 있는 사람은 뚜껑을 잠깐 열고 두리번거렸을 때에야 볼 수 있었다. 큰 체격에 눈이 부리부리했고 성난 표정으로 입을 굳게 다물고 있었다. 빨강은 내 희뿌연 대기를 한참 노려보듯 둘러보더니 더러운 것이라도 피하듯 도로 덜컥 뚜껑을 닫았다.

잠시 헷갈렸지만, 아까 호버에서 내 산호를 떼던 사람은 지금 노랑 작업복을 입은 쪽이었다. 호버가 하나뿐이라 바꿔 탄 듯했다. 그러면 빨강이 대장일 터였다. 가장 안전하고 편안한 장비를 차지한 꼴을 보면 그리 괜찮은 대장은 아닐 터였고.

"산천이 다 썩어 곰팡이로 뒤덮였다는 말은 들었지만."

빨강이 호버 안에서 음울하게 투덜거렸다.

"내가 상상한 건 기껏해야 검게 얼룩진 삭은 소파나 포스터 따위였는데."

"영적인 세계로 들어온 기분이군요."

파랑이 더듬거리며 말하자 빨강의 기분이 더 썩는 듯했다.

"이런 숲에는 신령이 깃들어요. 영혼이 생겨나죠."

파랑의 말에 호버에서 큰 코웃음이 들렸다. 하도 거칠게 웃는 바람에 코딱지라도 튀어나오지 않았을까 싶었다.

그사이에 노랑은 허리에 찬 분사 장치에서 공기를 내뿜으며 놀이공원에 온 아이처럼 내 안을 쏘다녔다. 아무래도 이들이 제어실까지 오려면 제법 지체할 듯했다.

「우리는 L-1구역이라 이름 붙인 진입로를 지나 L-2구역에 들어섰다.」

노랑의 목소리가 들려왔다. 제 헬멧 마이크에 대고 소곤거리는 소리였다.

L은 해방 어쩌고의 약자일 것이고, 이 모듈에 2를 붙인 것을 보니 자기들이 진입한 구역부터 제어실까지 간단히 1에서 5까지 이름을 달아 구분하는 모양이었다. 원래는 SP1, AU2, 따위의 이름이 붙어 있기는 하지만, 나는 일단 이들이 부르는 이름에 맞춰주기로 했다.

「2구역은 예전에는 산천의 현관이자 방문객 대기실이었다고 들었다. 한창때는 손님들로 북적였던 곳이다. 산천은 한때는 VIP들만 올 수 있는 고급 요양 병원이었다. 하지만 지금 그 흔적은 어디에도 없다. 보이는 모든 것이 버섯으로 뒤덮여 있다.」

버섯……, 버섯도 산호처럼 별칭이다. 사람의 육안으로 볼 수 있을 만큼 크게 자란 다세포 균사체로 이루어진 종이니, 어림잡아 버섯이라고 불러도 좋을 것이다.

「입구 쪽에 자라난 군락은 말불버섯 같다. 공처럼 동그랗고 표피가 오톨도톨하다. 전등에 붙은 것은, 뭐라더라……, 그렇지, 주름버섯 같다. 반투명하고 대는 실처럼 가냘파서 마치 하느작거리는 작은 해파리처럼 보이는 것들. 그 옆에 자라난 것들은 창싸리버섯에 가깝다. 자실체가 금빛으로 노랗고 원통형으로 곧다.」

노랑은 나비처럼 내 안을 떠돌았다.

「공기는 탁하고 뿌옇다. 끈적한 느낌이다. 덥고 습하다. 내부 온도는 30도에 이르고 습도는 90퍼센트에 이른다. 불순물이 많아서 헤치고 지나갈 때 무거운 기분이다. 버섯들이 토해낸 포자가 지난 37년간 가라앉지도 빠져나가지도 않았을 것이다. 대기 중에 산소는 풍부하지만 직접 호흡했다간 이물질에 질식할 것이다. 포자로 이루어진 물속이나 다름없다.」

"마치 우주 한복판에 생겨난 오지 밀림 같군."

호버 안에서 빨강이 중얼거렸다.

"아무래도 그 현아라 병원장이 낸 사고 이후로 37년이나 사람의 발길이 끊긴 곳이니까요."

파랑이 두리번거리며 말했다. 그러는 동안 노랑은 춤추듯이 나풀대며 벽에 다가가 헬멧이 닿도록 가까이 들여다보았다. 가볍게 눌린 버섯에서 포자가 눈처럼 하얗게 피어올라 헬멧을 덮었다.

「산천 내벽은 미끈미끈한 점액질로 덮여 있다. 버섯 사체인 것 같다. 선대의 사체가 외벽에 달라붙어 쌓이다가 표토가 되었고, 그것이 후대의 영양이 된 모양이다.」

노랑은 공중을 떠도는 균사 덩어리를 눈으로 따라가다 애정 어린 손길로 쥐고 들여다보았다.

「먼지가 뭉친 것일까……. 아니, 버섯으로 뒤덮인 덩어리다. 새하얗고 둥글고 포실포실하고 꽃처럼 만개한 균락이다. 무엇을 기반으로 자라났을까……. 서로의 사체일까……. 아, 아니다, 컵이다. 세상에, 플라스틱 컵이 안에 들어 있다. 컵 표면의 노폐물이나 안에 남은 음식물 찌꺼기를 먹고 자란 것이 아니라 컵 자체를 뜯어 먹었다. 균사가 뱀이나 지렁이처럼 내부를 파먹었다. 컵은 망사처럼 흐물흐물해져 있다. 형태를 지탱하는 것은 균사체다. 버섯 기둥이 아까 외벽에서 보았던 산호처럼 단단해지고 끈적끈적해지면서 마치 골격처럼 지탱하고 있다.」

노랑은 흥분에 들떠 말했다.

「이 거주구 외벽도 아마 같은 상태일 것이다. 이 산천은 숲과 동화되어 있다. 여태껏 작동하는 것만도 기적이다.」

"너무 시끄럽군, 우럼."

빨강이 멀리서 핀잔을 주었다.

"하지만 이런 기막힌 풍경을 기록하지 않는 건 뭔가 의무를 저버리는 것 같다고요."

아무래도 노랑의 혼잣말이 빨강이나 파랑의 통신에도 들리는 모양이었다. 원하면 끌 수는 있는 듯했지만.

빨강이 투덜거렸다.

"여기를 재활용해 쓰는 것은 애초에 불가능했겠군. 기대하지도 않았지만."

"지난 37년간 지구의 어떤 생물과도 교류하지 않은 고립 생태계예요."

노랑이 멀리서 들떠서 말했다.

"이것들이 지구에 쏟아진다면 지역별 외래종 문제와는 비교할 수 없는 수준의 생태계 교란이 일어날 거예요. 뒤섞여 자라는 식물끼리는 서로 생장을 방해하는 체계가 있는데 말이죠. 타감 작용이라고 하던가, 하지만 외래종은 그런 체계가 없어서 기존 생태계를 잡아먹어버리거든요. 어릴 때 농사지을 때도……."

호들갑스러운 사람이다. 태생적으로 겁이라는 게 뭔지 모르고 태어난 종자 같다. 흔한 인간이지, 이 우주에서는.

빨강이 툴툴거렸다.

"집에 돌아가면 입었던 옷은 다 버리고 탑승선도 철저히 소독해야겠군. 정말 병원이라는 이름이 무색한 곳이군."

문득 지난날이 떠올랐다.

나는 파킨슨, 루게릭, 전신 마비 환자, 넘어져 고관절이 부러진 노인들, 그 외의 병과 장애로 지구에서는 침대에 누워 꼼짝할 수 없는 사람들을 위한 요양 병원이었다. 우주에서는 움직이는 데 근육이 거의 필요하지 않다. 여기서는 바늘 하나 들 힘만 있어도 무엇이든 들 수 있고, 깃털 밀 힘만 있어도 원하는 곳으로 자유롭게 이동할 수 있다.

물론 중력이 없으면 신체는 온갖 다른 부작용을 일으킨다. 뼈는 흐물흐물해지고 근육은 헐렁헐렁해진다. 여기 있다 보면 마치 세상이 심해로 바뀌었다고 착각한 생물이 일제히 연체동물로 진화하려는 것처럼 보인다. 다양한 원인에 의한 시력 약화, 두통과 멀미는 말할 것도 없고.

그래도 나는 살날이 얼마 남지 않았거나, 반대로 팔팔한 정신으로 육신에 갇혀 살아야 했던 이들에게 한시적이나마

자유를 제공했던 특별한 요양 시설이었다.

내 숲도 본래는 환자와 고객을 위해 개발된 식량이었다. 유전자 조작으로 극한의 환경에서도 고속 성장하며 며칠 만에 다음 세대로 번식한다. 내 안의 청결과 노폐물 관리를 위해 플라스틱 같은 고분자 화합물을 먹는 미생물의 연구 개발도 활발했다.

내 숲이 처음에 먹은 것은 인간의 배설물과 생활 쓰레기처럼 평범한 것들이었다. 하지만 잦은 세대교체에 번식력이 더해져 광폭한 돌연변이가 시작되었다. 쏟아지는 우주 방사선, 중력이 없는 환경에서 식물이 받는 스트레스도 마찬가지로 돌연변이를 증폭했다. 몇 년 사이에 한 종이 수천 종으로 늘었다.

그리고 모든 것이 썩기 시작했다. 내 안에서는 의약품과 의료기기를 포함한 모든 것이 썩었다. 곰팡이가 자라고 벌레가 끓고 악취를 풍겼다.

"생물학자가 왔다면 이 산천 하나만으로 평생 논문을 쓰고도 남겠어요. 이대로 없애야 한다니 너무나 아깝군요."

노랑의 말에 빨강은 침묵했다. 안에서 노려보는 듯도 했다.

"그럴 일은 없어. 산천은 불비가 되어 세상에 쏟아질 테니까. 신의 철퇴처럼 적들의 심장에 내리꽂히는 말뚝이 되겠지. 이 냄새나는 폐기물치고는 영광스러운 죽음이지."

아, 그런 목적이었던가.

나는 조소했다. 그리고 앞으로 내가 하려는 일에 대한 일말의 양심의 가책과 동정심을 깔끔히 지웠다.

그날, 농원 문을 열어젖힌 채 부유하던 현아라를 생각했다. 입가에 가벼운 웃음을 머금은 채로. 그 문에서 쏟아져 나와 나를 전부 집어삼킨 썩은 숲도.

## 5

전쟁으로 지구의 자연이 괴멸하고 있다는 소문을 들었을 때 나는 다소 의아해했다.

내 숲만큼은 아니라도 지구의 식물도 충분히 강하다. 실상 지구에 인간만 한 자연재해는 없다. 원전이 터져 방사능으로 뒤덮인 곳이나 태풍으로 초토화된 지역, 폭탄으로 유리질처럼 녹아내린 도시마저도, 사막처럼 황량해지는 대신 울창한 숲이 들어선다. 치사량의 방사능이든 맹독성 낙진이든, 그 어떤 재해도 인간만큼 파멸적이지 않다. 재해는 오히려 지상 최대의 재난인 인간이 떠나가게 하여 동식물의 낙원을 되돌리곤 한다.

나중에야 이번 전쟁에 악성 제초탄이 난사되는 것을 알았다. 식물이 독성을 띠게 하거나 아미노산 합성을 못 하게 막고, 유전자를 교란시키는 독이 먹이사슬을 따라 쌓이게 만드는 생화학탄이 쏟아지고 있다는 것을. 하여간 쓸데없는 것만 만드는 인간들이다. 나 같은 놈을 포함해서.

그 도박장 친구가 추락한 사건이 우리 우주 쓰레기들을 좀 치우라는 영감을 준 줄 알았더니, 다소 맛이 간 놈들에게 우리를 포탄으로 쓰려는 영감을 준 모양이었다. 아무래도 정보전은 아직 지상의 기지에 한정되어 있을 테니까 몰래 떨어뜨리기에는 우주가 나은 모양이네. 아무튼 쓸데없기는.

L-3 모듈로 가는 입구는 망태버섯에 가까운 노란 망사형 버섯으로 뒤덮여 있다. 표피는 끈적이고 몸은 광물처럼 단단하며 서로 이어져 군체를 이룬 것이다.

호버가 수화로 지도를 불러낸 뒤 버섯을 뭉그러뜨리며 길을 열기 시작했다. 그러느라 내 안에 다시 짙은 향이 퍼졌다. 공기는 더욱 끈끈해지고 안개는 자욱해졌다. 어떤 조급한 버섯들은 그 정도만으로도 질식해 사망하거나, 절멸에 대비해 포자를 살포해 다음 세대를 도모했다. 새로 태어난 것들은 금세 또 다른 변이를 일으켰다.

빨강이 가볍게 욕을 내뱉었다.

"호버 안에 뭐가 잔뜩 들어왔어. 잠깐 열었을 뿐인데 창 안쪽에 허연 것들이 거미줄처럼 퍼지고 있어. 손잡이는 벌써 끈적끈적하고."

파랑이 옆에서 쿡쿡 웃었다.

"나도 몸이 구석구석 가려워요. 사타구니에도 뭐가 잔뜩 기어다니는 것 같고요. 이대로 샤워도 못 하고 집에 돌아갈 때까지 버텨야 한다니 끔찍하네요."

파랑이 장갑으로 제 헬멧을 닦았다. 웃으며 내려다보다가, 장갑에 짓눌린 주황 벌레들이 꿈틀거리는 것을 보고 표정이 어두워졌다.

파랑은 손을 털었다. 우주에서는 아무것도 떨어지지 않기에 벌레들은 장갑 주위에서 꼬물거리며 주황 안개처럼 맴돌았다. 파랑은 불안해진 얼굴로 헬멧과 장갑복 틈새를 긁었다. 틈새에는 새로운 개척지인 헬멧 안으로 전진하려는 벌레들이 벌써 한 움큼씩 끼어 꿈틀거렸다. 파랑은 낮은 욕을 내뱉었다. 그러고는 밀폐된 호버 안에서 편안히 작업하는 빨강을 살짝 원망스러운 눈으로 흘겨보았다.

노랑은 벌레에 아랑곳하지 않는 듯했다. 입구가 열리자마자 새처럼 뛰어들어 헤드라이트로 안을 비추고는 가볍게 휘파람을 불었다.

"여기서부터는 숲이 외벽만이 아니라 내부 공간에도 퍼져 있어요. 칼로 베며 전진해야겠어요. 추석에 벌초 다녀들 보셨어요?"

노랑은 점점 생기가 도는 듯했다. 신이 나서 빨강의 답도 기다리지 않고 먼저 전진했다. 가는 내내 혼자 주절주절 일기를 쓰는 것도 잊지 않았다.

「L-3 구역은 병동 중 하나였다고 들었다. 들어가는 길은 거미줄처럼 뒤엉킨 하얀 덩굴로 채워져 있다. 통로와 그 주변부는 이 식물이 점유한 듯하다. 덩굴은 소용돌이를 그리듯이 자랐다. 줄기에는 긴 가시가 있고 가시가 서로를 지탱하고 있다. 중력이 없는 곳에서 지지대를 만들기 위해서인 듯하다.」

노랑은 덩굴을 베어내다가 벽에 얼굴을 대고 그늘 안쪽에 숨어 자라는 다른 식물 군락을 관찰했다.

「덩굴과 벽 사이 좁은 틈새에 숨어 자라는 것들은 다육처럼 보이지만 이름을 특정할 수가 없다. 마찬가지로 줄기가 방사형으로 자란다. 꼭 문어발 같다. 위아래가 없기 때문이겠지. ……방에는 침낭이 사방에 고치처럼 매여 있다. 지구처럼 눕는 침대는 쓸 수 없었을 테니 환자들도 모두 애벌레처럼 매달려 잤을 것이다. 침낭은 모두 버섯에 먹혀 마치 죽은 고목처럼 보인다. 거미줄 같은 덩굴에 휘감긴 고치들 풍경이 스산하다.」

"……그러고 보니 말입니다."

파랑이 칼질을 하며 눈치 없이 물었다.

"대장님 태어난 섬이 거기라고 하지 않으셨습니까? 그 쓰레기섬 말입니다."

빨강은 답이 없었다.

"여기와 그곳 중 어디가 더 나아요? 이상한 질문인가요?"

다시금 생각이 났다.

나를 만든 나라가 전쟁에 휘말린 이유는 해류의 변화 때문이라고 들었다. 해류의 변화는 기후의 변화 때문에 왔다. 전부터 인간이 바다에 버린 쓰레기들은 만들어진 이래로 하나도 썩지 않은 채 해류를 따라 흐르며 쌓이고 있었다. 예전에는 태평양의 가난한 섬들에 모였기에 아무도 신경 쓰지 않았지만, 언제부터인가 한국 남해안에 쏟아져 들어오기 시작했다. 주변국들도 똑같이 쓰레기의 쓰나미를 맞이했다. 그것도 언젠가는 닥칠 일이었다. 질서는 무너지고, 질병은 퍼지고, 뭐 그런 일들.

"이 산천에서 대형 사고를 친 병원장도 거기 출신이었지요? 그 쓰레기 속에서 죽어라 노력해서 기어올라 성공했을 텐데, 겨우 잡은 이 직장마저 구더기 소굴이 되고 말았을 땐 무슨 기분이 들었을까요?"

"지금 나 같은 기분이겠지."

빨강이 퉁명스레 답했다.

"여길 다 태워버리고 1초라도 빨리 떠나고 싶었겠지."

잠시 생각하던 빨강이 문득 알겠다는 듯 말했다.

"사고를 친 것도 그 때문이었겠군. 여기를 돌이킬 수 없이 망가뜨려야 떠날 수 있었을 테니까."

"그런 것치고는 그 사람, 결국 마지막까지 산천에 남아 있었다고 들었는데 말입니다."

"그야, 사고는 쳐놓고 또 겁은 났겠지. 지구에 돌아갔다가 문책당할까 봐 두려웠겠지."

그녀는 내게 종종 고향 이야기를 해주었다.

태어났을 때 이미 섬의 해안가 도로는 물에 잠겨 있었다고 했다. 해안선이 높아지며 파도가 집을 쓸어가기 시작했다. 사람들은 차츰 높은 기둥 위에 집을 지었다고 했다. 드높이 몰아치는 파도 덕에 벽마다 따개비가 그득 붙어 있었다고 했다. 사람들은 차츰 해안을 떠나 산에 집을 지었는데, 좋은 목은 이미 발 디딜 틈 없이 빽빽했다고 했다.

물에 잠긴 도로에 페트병, 플라스틱 컵, 맥주병이 한 겹 지표를 이루고 있었다고 했다. 물고기 배를 가르면 플라스틱이 쏟아졌다. 소라게들은 병뚜껑에 집을 지었고 거북이는 입에서 비닐을 토했다. 현아라는 비닐을 태워 병뚜껑에 집을 지은 소라를 구워 먹고 쓰레기로 소꿉장난을 했다고 했다. 그녀가 섬을 떠날 무렵에는 모여든 쓰레기에 산까지 파묻혔다고 했다.

'그래서 네가 좋아, 산천.'

현아라는 사람이 모두 떠나간 내 안에 홀로 남아 속삭였다. 곰팡이로 눅눅한 침낭과 버섯이 들러붙은 의약품이며 진물이 흐르는 혈액 팩을 들여다보며, 전자기기를 파고드는 실지렁이 같은 덩굴과 옷을 온통 파먹고 기어다니는 진딧물 같은 벌레들을 보며.

'네 안에서는 아무것도 쌓이지 않으니까.'

덩굴을 헤치며 길을 만들던 노랑은 흥분에 들떠 계속 떠들었다.

「방 한가운데 큰 붉은 꽃이 자라나 있다. 꼭 라플레시아 같다. 기생식물일 것이다. 기생식물이 아니라면 저렇게 꽃 기관 하나에 모든 자원을 투자할 수 없을 테니까. 내벽이 한번 버섯으로 뒤덮인 뒤 다시 그 버섯을 양분 삼아 기생 꽃이 자라난 것이다.
꽃잎에 골프공만 한 이슬이 맺혀 있다. 중력이 없으니 크게 자라난 듯하다. 안에 물풀이 들어차 있다……. 아니, 헤엄친다. 살아 있다. 물고기다. 눈이나 입은 없고 지느러미뿐이다. 초록색인 것을 보면 광합성을 하는지도 모른다. 물이 흩어지지 않으니 마치 어항처럼 안에서 생태계가 성장한 것이다.」

노랑이 탄식했다.

「정말로 아름답다. 이대로 불태워버리기 아까울 정도로…….」

“아, 저기 보세요.”

창문 옆을 지나던 파랑이 아련한 감상에 젖은 목소리로 말했다.

“지구에 해가 뜨고 있어요. 언제 보아도 아름다운 풍경이네요.”

아, 이제야 아침이 왔다.

마침내.

**6**

그리고 내게 빛이 들었다.

우주의 햇살은 푸근한 대기로 덮인 지구에 내리쬐이는 따사로운 온기 따위가 아니다. 작열하는 불의 해일이다.

나는 내 태양광 패널 방향을 모두 해를 향해 틀었다. 외벽에 쳐둔 차단 창도 전부 열어젖혔다. 내 안이 환하게 밝아 오자 셋 모두 놀라 두리번거렸다.

나는 오케스트라를 연주하는 지휘자처럼 움직였다. 내 육각 프리즘 모양의 모듈이 서로의 연결을 해제하고 90도 회전하며 얼음 심장 한라를 향해 수직으로 섰다. 햇빛이 소행성에 직접 쏟아지도록.

"뭐야? 뭐가 일어나는 거야?"

빨강이 당혹스러워하며 물었다. 부하들도 다 같은 처지라 답을 해줄 수 없었다.

나는 내 얼음 심장을 향해 군대처럼 관들을 뽑아내었다. 관은 소행성 표면까지 늘어난 뒤에 일제히 입구를 열어젖혔다.

성난 화산 같은 폭염에 직접 닿은 한라는 마그마처럼 끓어올라 광폭하게 증발했다. 날뛰는 분자가 수증기 속에서 서로 충돌하자 정전기가 일었다. 습기를 잔뜩 머금은 구름 안에서 번뜩이며 번개를 쳤다.

노랑이 창밖을 보며 "물안개예요. 산천에 물안개가 자욱해요"라고 했고, 빨강이 "물안개라니, 미쳤어?" 하며 소란스러워졌다. 파랑은 완전히 겁에 질려 쪼그라들어서는 중얼중얼 기도문을 읊기 시작했다.

내 관은 굶주린 짐승처럼 게걸스레 수분을 집어삼켰다. 수증기는 관을 통과하는 사이에 냉각되어 물 결정으로 변했다. 모듈의 환풍구마다 안개처럼 물방울이 분사되었다.

호버와 두 사람 몸에도 버섯이 피어나듯 물방울이 맺혔다. 물방울은 벌레처럼 꿈틀거렸다. 우주에서는 물이 흐르지 않는다. 그저 표면장력으로 둥글게 뭉치며 주변 움직임에 따라 춤추듯 진동한다. 파랑과 노랑의 작업복도 축축하게 젖어들었다.

나는 온통 시끄러워졌다.

잎새마다 기공이 열렸다. 꽃은 전부 개화했고 식충식물은 포충기를 열어젖혔다. 잎은 뻐끔거리며 광합성을 시작했다. 줄기처럼 대기를 향해 뻗어나간 뿌리가 공기 중의 수분을 꿀꺽꿀꺽 집어삼켰다. 모두가 바삐 움직였다. 밀알 같은 열기만으로도 폭발적으로 번식하는 심해저 화산 생태계처럼.

양성생식을 하는 것들은 덩굴을 뻗어 서로를 끌어안고 격렬하게 꽃가루를 교환했다. 포자낭이 풍선처럼 부풀었다가 터져 내 안에 자욱하게 살포되었다. 단성생식을 하는 것들은 힘차게 자가 복제에 들어갔다. 첫 모체는 자식들에게 제 몸을 양분으로 제공한 뒤 삽시간에 썩어 끈끈해져서는, 외벽에 흡착하며 토양의 일부가 되었다. 내벽이 안쪽으로 좁아지듯이 자라났다.

「모든 것이 움직인다. 멀미가 날 지경이다.」

노랑이 떨리는 목소리로 기록을 시작했다. 처음으로 목소리에 공포가 깃들었다.

「식물 군락이 아니라 마치 군체 동물이 일제히 움직이는 것 같다. 우리가 고래 뱃속에 들어와 있고 위장이 꿈틀거리며 융털이 솟아나 내부가 좁아지는 느낌이다. 잠깐 눈을 돌렸다 보면 풍경이 전부 변해 있다. 아까 저쪽에 있던 버섯 군락은 갈색에 둥글둥글했는데 지금은 갓이 생겨났고 점박이가 있는 붉은색이다. 저쪽에서 노란색이 퍼지는 듯해서 보면 이미 초록색이다. 실시간으로 새 종이 분화된다.」

노랑은 필사적으로 기록을 이어갔다.

「L-3 구역 한가운데 있던 큰 붉은 꽃 표면에서 새 버섯 군락이 피어나고 있다. 하얀색이라 두드러기나 버짐처럼 보인다. 저 꽃 자체도 그 아래의 버섯 군락에 뿌리를 뻗은 기생생물일 텐데, 그 위로 다시 버섯이 자라나고 있다. 아마 포자는 이전에 퍼져 있었고 아침을 기다려 발아했을 것이다. ……꽃이 영양을 빨려 말라가고 있다. 시들고 흐물흐물해진다. 어느새 남은 것은 눈처럼 하얀 버섯 군락뿐이다. 꽃은 새 토양이 될 것이다. 내가 지금까지 기록한 풍경은 아무것도 남아 있지 않다. 모든 것이 변했다. 전부 변했다. 내가 계속 지켜보지 않았던 다른 구역의 변화는 기록조차 하지 못했다. 이제 이곳은 완전히 낯선 공간이다.」

사람은 어느 이상 느리게 변화하는 것은 그 과정을 따라가지 못한다. 사람이 꽃이 피어나는 순간을 보지 못하는 이유다. 셋 모두 상황이 심각해지기 전까지는 문제를 깨닫지 못했다.

파랑은 땀을 몽글몽글 뽑아내며 작업복 소매로 연신 헬멧을 닦다가, 문득 제가 왜 헬멧을 닦고 있는지 궁금해진 듯 동작이 느려졌다. 그제야 파랑은 제 헬멧에 포자가 눈처럼 하얗게 덮여 있는 것을 보았다.

뒤덮인 것뿐만이 아니었다. 어떤 것들은 이미 버섯에 가까운 균사체로 자라났다. 유리에 끈적끈적한 점액질을 토해내고 도꼬마리 같은 접착성 털과 잔가시가 달린 팡이실을 뻗어 갈고리처럼 툭, 툭 걸었다.

파랑은 발작적으로 헬멧을 닦았다. 그제야 파랑은 제 작업복 전체에서 하얗게 곰팡이가 자라나고 있다는 것을 깨달았다. 노랑과 빨강은 파랑이 새된 비명을 질렀을 때에야 자기들도 상황이 다를 바 없다는 것을 깨달았다.

호버에서는 산호가 석순처럼 자라났다. 균사가 관절과 이음매로 스며들어 버섯처럼 커졌다. 버섯은 페인트를 갉아 먹고 점액질을 토해 한 겹의 표토를 만들었고, 그 위에 안착한 포자가 다음 세대의 버섯으로 자라났다. 장갑복이 옷을 껴입듯이 두툼해져갔다.

벌레도 그 위에서 같이 증식했다. 버섯 위로 뒤덮인 먼지 같은 알들이 앞다투어 수분과 태양 에너지를 집어삼키며 일시에 부화했다. 우주에서는 날기 위해 날개를 달 필요도 없다. 꿈틀대는 벌레들이 호버 주위로 안개처럼 떠올랐다.

"헬멧 안으로 뭐가 잔뜩 들어오고 있어요."

파랑이 공포에 사로잡혀 말했다.

"안에서 실지렁이 같은 덩굴이 자라나요. 덩굴이 코와 입으로 들어와요. 덩굴 위에 진드기 같은 주황 벌레가 가득해요. 기어다니고 있어, 전부 다 기어다니고 있어."

파랑이 헬멧 고리를 잡고 돌려 열려고 했다. 빨강이 호버 안에서 다급히 소리 질렀다.

노랑이 황급히 파랑에게 날아왔다. 하지만 노랑이 제지하기도 전에 파랑이 헬멧을 벗어 던졌다.

파랑은 물에서 빠져나온 사람처럼 크게 숨을 쉬었다. 하지만 내 대기는 이미 포자와 습기로 가득 차 있다. 흙탕물 속에서 숨 쉬려는 것이나 다름없다. 파랑은 금세 목을 쥐고 버둥거렸다.

노랑이 입을 꾹 다물더니 파랑을 끌어안고 공기를 분사하며 외벽 어딘가로 날았다. 뭘 하려는 걸까. 나는 한심한 기분으로 관망했다.

노랑은 벽에 거미줄처럼 펼쳐진 덩굴에 발을 끼워 몸을 고정하더니. 환풍기 뚜껑을 쥐고 온 힘을 다해 뜯어내었다.

둘의 몸이 쏟아지는 물방울에 뒤덮이기 시작했다. 그러다 이내 흐느적대는 물의 막으로 둘러싸였다. 날개를 단 포자들이 물 표면에 달라붙어 버둥거리다 축 늘어졌다.

노랑은 떠다니던 헬멧을 잡아 물속에 집어넣고 안을 탈탈 씻은 뒤 파랑의 얼굴에 씌우고 잠갔다. 산소가 안에서 차오르자 파랑이 막힌 숨을 크게 쉬었다.

노랑은 그 자리에서 파랑과 함께 몸이 물풍선에 삼켜질 때까지 기다렸다. 물은 특유의 흡착력으로 두 사람 몸에 달라붙어갔다. 노랑이 몸을 구석구석 닦아낼 때마다 아직 뿌리를 제대로 내리지 못한 균사들과 꼬물거리는 벌레들이 씻겨 나가다가 도로 물 덩어리 안으로 빨려 들어갔다.

빨강은 노랑이 하는 짓을 눈여겨보더니 다른 환풍구를 뜯어내고 그 아래에서 몸에 물을 치덕치덕 바르고는 때를 밀듯이 버섯과 산호를 뜯어내었다. 한참 뒤에야 믿기지 않는다는 듯이 노랑을 향해 물었다.

"물을 보호막으로 쓴다고?"

"곰팡이를 달리 뭘로 씻어내는데요? 저장고……, 아니, 집안 청소도 안 해보셨어요?"

노랑이 태연히 답했다. 나도 믿기지 않았다. 하지만 물을 먹고 사는 생물이 방수일 수는 없다. 흙탕물처럼 지저분해져가는 물에서 포자와 곰팡이가 질식해 죽어갔다.

쳇.

이 이상 낮이 계속되면 내 몸에도 무리가 간다. 나는 아쉬워하며 수직으로 세웠던 모듈을 원위치로 돌리고 관을 회수했다. 햇빛이 차단되자 소행성 표면에서 폭발하던 수증기는 가라앉았고 삽시간에 도로 얼어붙었다. 파손되어 드러난 부위는 몸을 돌리는 것으로 그늘에 숨겼다.

그때, 내 몸 한구석이 큰 폭발음과 함께 터졌다.

## 7

L-1, 첫 진입로에서 온 진동이었다.

나는 흥분했지만 마음을 가라앉히고 침착하게 사태를 파악했다. 냉각수를 막아두었으니 언제 어디가 망가져도 이상하지는 않다. 살펴본 바로는 배터리 과열에 의한 폭발은 아니었다.

그 짧은 낮 동안 쪽배와 내 접촉면에서 산호가 급성장했다. 치솟은 열 덕분에 입구 주변부 이끼가 급격히 자라났고 그 덕에 산소가 폭발적으로 발생했다. 급증한 산소가 미생물의 부화와 번식을 가속했고 이것이 산호의 영양분이 되었다. 실상 늘 기아에 시달리던 산호들에게는 뷔페가 차려진 기분이었을 것이다. 허겁지겁 먹어치웠으리라.

급성장이라도 미세한 수준이기는 했지만 돌처럼 딱딱한 산호가 바위를 가르는 나무처럼 도킹부를 미세하게 벌렸다. 압력이 급격히 낮아졌고 그 바람에 쪽배와 내가 맞물린 죔쇠

부품이 터져 나갔다. 흩어진 파편이 물고기처럼 흐르며 내테를 유영하는 현아라의 시신 주변으로 흘러갔다.

폭발이 셋을 반대 방향으로 내팽개쳤다. 우주에서 힘은 중력처럼 작동한다. 힘이 날아온 곳이 위가 되고 반대쪽이 아래가 된다. 셋은 세상이 한 바퀴 돈 뒤 위에서부터 짓눌리는 기분에 빠졌을 것이다. 초보자는 상황을 파악하기 어렵지만 우주에 자주 나와본 사람이라면 사태를 짐작할 수 있다.

"문제가 생겼어요."

노랑의 말에 빨강이 다급히 공기를 분사하며 왔던 길을 되돌아갔다. 아직 정신을 못 차리던 파랑이 노랑과 함께 허둥지둥 뒤를 쫓았다.

호버가 L-1 구역의 문을 열어젖히자 우주가 청소기처럼 호버를 격렬하게 빨아들였다. 호버는 균형을 잃고 빙글빙글 돌다가 반쯤 떨어져 덜렁거리는 쪽배 방향으로 내동댕이쳐졌다.

뒤이어 온 파랑과 노랑은 다급히 입구 바깥에 숨어 몸을 지탱했다. 빨강은 몸을 수습한 뒤 금방이라도 덜렁거리며 떨어져 나갈 듯한 쪽배를 기를 쓰고 손으로 잡아당겨 고정하려 했다. 물이 새는 파이프를 손으로 쥐어 막으려 드는 것만큼이나 무의미한 일이었다.

"내가 잡고 있을 테니 너희는 빨리 안에 들어가서 조종간을 잡아!"

빨강이 노랑과 파랑을 향해 소리쳤다.

기압이 급격히 낮아지면 호흡이 어려워진다. 뇌에 산소가 덜 들어가게 된다는 뜻이다. 감압증으로 혈액의 질소도 기화하고 있을 것이다. 어지럼증과 환각도 찾아올 것이고, 모두들 평상시보다 멍청해졌을 것이다. 원래도 지능이 그리 높지는 않았겠지만.

하지만 노랑은 그 와중에도 이 명령의 어리석음을 눈치챈 듯했다. 노랑의 눈매가 매처럼 사나워졌다. 이 바보스러운 명령에 제 귀중한 목숨을 내던질 마음은 조금도 없는 듯했다. 노랑은 말없이 안전한 자리에서 몸을 지탱하며 사태를 관망했다.

파랑은 허둥대며 쪽배를 향해 몸을 날렸다. 하지만 파랑이 입은 옷은 우주복이 아니라 평상복이었다. 작열하는 태양이 파랑의 몸을 태우기 시작했다.

화상도 동상도 노출 시간의 문제다. 지극히 짧은 시간이라면 인간은 액체 질소에도 몸이 상하지 않을 수 있다. 그 사람은 나름대로 참을성 있고 용기도 있었다. 겁에 질린 채로도 손이 타는 것조차 아랑곳하지 않고, 불처럼 달아오른 문손잡이를 쥐고 돌렸다.

"열었어요! 열었……."

파랑은 더 말을 잇지 못했다.

쪽배 문에 달라붙어 있던 작은 주황 벌레들이 파랑의 손가락을 타고 기어오르고 있었다. 균사는 햇빛을 꿀꺽꿀꺽 들이켜며 자라나 파랑의 화상 입은 피부에 자실체를 줄줄이 박았다. 햇빛에 구워진 탓에 부드러워진 피부 위로.

대개의 곰팡이는 사람의 높은 체온을 견디지 못한다고 한다. ……하지만 내 곰팡이는 그렇지 않다.

균사는 파랑의 피부 위에서 몽글몽글하고 하얀 버섯 군락으로 자라났다. 파랑은 비명을 지르며 쪽배를 발로 걷어찼다.

쪽배가 먼저 우주로 떨어져 나갔다. 파랑은 그 반동으로 벽에 머리를 박으며 내동댕이쳐졌다. 핏방울도 다른 파편과 함께 내 테를 향해 흘러갔다.

빨강은 긴 침묵에 빠졌다. 호버가 주먹으로 내 벽을 세게 쳤다. 마찬가지로 어리석은 짓이었고 호버는 파랑과 마찬가지로 반대 방향으로 날아가 부딪쳤다.

빨강은 일단 우주로 빨려 나가지 않기 위해 L-2 구역으로 돌아와서는 문을 잠그고 거친 숨을 헐떡이며 입을 열었다.

"이번 작전은 취소다."

그 말에 노랑이 말없이 빨강을 노려보았다.

"우리는 탈출선을 잃었다. 궤도에서 대기 중인 백업 팀이 2차

작전을 개시하게 하고 우리는 근처에서 대기하며 구조를 기다린다."

노랑의 눈이 더욱 매서워졌다. 동의하지 않는 얼굴이었다. 노랑은 내 테를 한 번 응시하고는 안쪽을 들여다보았다.

"우린 다 왔어요, 대장. 한 걸음만 들어가면 돼요."

노랑이 말했다. 그때 L-4 구역에서 큰 진동과 함께 불길이 일었다. 나는 사태를 파악했다. 고대하던 일이었다. 통상 열에 취약한 태양 전지 배터리가 폭발했고, 발화점을 넘긴 주변 기계들에 불이 옮겨붙고 있었다.

"정말로 악령에 씐 곳이로군."

빨강이 진절머리를 내었다.

"이 저주받은 곳에서 한시라도 빨리 빠져나가야겠어. 호버는 아쉽게도 1인승이다. 나는 본부에 상황을 전할 의무가 있으니 밖에서 유영하며 대기하겠다. 나우림, 너는……."

빨강은 노랑을 위아래로 살폈다.

"불이 옮겨붙지 않은 다른 모듈로 이동해 구조를 기다려라. 만약 탑승선이나 우주복을 발견하면 즉시 활용해 탈출하도록. 행운을 빈다."

허망한 명령이었다. 내 안에 탑승선이든 우주복이든 있다면 어떤 꼴일지 누구든 짐작하고도 남을 것을.

노랑은 말없이 빨강을 바라보았다.

"대장님."

"왜."

"마지막일지도 모르는데 안아라도 주시겠어요?"

노랑이 두 팔을 벌리며 애처로운 미소를 지었다. 그 등 뒤로 다시 폭발이 일었다.

빨강은 한참 뒤에야 호버의 뚜껑을 열었다. 그리고 다소 감상에 젖은 얼굴로 우람한 가슴을 툭툭 치고는 두 팔을 활짝 벌렸다.

"여자란……."

빨강이 중얼거렸다. 흔한 일이라는 말투였다.

노랑은 로맨스 영화의 주인공처럼 날아와 그 품에 안겼다. 빨강은 노랑의 머리를 꼭 붙들고 격하게 안았다. 헬멧이 없었다면 입이라도 맞출 기세였다.

나는 시시한 기분으로 구경했다. 그리고 노랑의 손에서 번뜩이는 칼과 빨강의 목에서 꽃처럼 피어나는 핏방울을 바라보았다. 빨강은 목을 붙든 채 내 안에 자욱한 포자를 멍하니 바라보았다. 포자 일부는 불이 붙어 일렁이고 있었다. 내 안에서 불은 타오르지 않는다. 물과 마찬가지로 그저 둥글게 일렁인다.

노랑은 빨강이 피를 점점이 뿌리며 유영하는 모습을 바라보며 중얼거렸다.

「나는 자유해방전선의 나우림.」

노랑은 다소 처져 있었다. 도리는 없었다지만 방금 손에 묻힌 피의 무게가 어깨를 짓누르는 듯했다.

「지금 나는 안타까운 사고로 탑승선과 동료들을 잃었다. 상황이 좋지 않다.」

한 번 감았다 뜬 노랑의 눈에 짙은 독기가 깃들었다.

「하지만 여기까지 온 이상 예정된 작업을 끝내고자 한다. 이 귀신 들린 미친 거주구를 추락시키고야 말겠다. 그 후 상황이 허락한다면 탈주하도록 하겠다.」

어디 해보시지.

**8**

노랑은 구정물로 뒤덮인 헬멧과 작업복을 벗어 던졌다. 그러고는 숨을 꾹 참은 뒤 러닝과 팬티 차림으로 호버 안으로 기어들어 갔다. 안에서 공기 정화 필터가 켜지는 소리가 들렸다.

노랑이 조종하는 호버가 왔던 길을 되돌아왔을 때 L-4 구역은 이미 불에 휩싸여 있었다.

내 원래 외벽은 웬만한 온도에 내성이 있지만 이 몸을 파고든 숲은 그렇지 않다. 나를 집어삼킨 뿌리마다 불에 타들어 가기 시작했다. 불이 뿌리를 다 태우고 나면 내 외벽은 벌레 먹은 것처럼 구멍투성이가 될 것이다. 그렇게 저 인간을 차가운 우주에 노출시키겠지.

호버는 벽을 손으로 밀고 박차며 통로를 따라 날아왔다.

L-4 구역은 관 형태의 버섯과 보라색 꽃으로 뒤덮여 있다. 관버섯은 서로 엉겨 붙으며 자라나 굵은 나무줄기처럼 공간을 뒤덮고 있었다. 불에 휩싸이지 않았다면 노랑은 돌덩이에 가까운 줄기를 제거하느라 제법 시간을 소비해야 했을 것이다. 하지만 불구덩이가 길을 틔워주었다.

들어오시든가. 나는 냉소하며 노랑을 관측했다.

너는 이대로 문을 열고 제어실로 들어오려 하겠지만, 그 문이 열리는 순간 불길도 마찬가지로 네 뒤를 쫓아온다. 길이 통하면 공기도 통한다. 화염은 결코 네가 잠금장치를 수동으로 열고 도로 닫는 것보다는 느리지 않을 것이다. 불은 화룡처럼 대기를 집어삼키고 내 숲을 연료 삼아서 너보다 먼저 제어실로 날아들 것이다.

과연 불바다가 된 제어실에서 네가 제때 작업을 끝낼 수 있을까. 호버의 장갑이 한동안은 너를 지켜준다 해도, 이내 내 패널은 불에 뭉그러지고 키보드는 흐느적대고 전선은 터지며 프로그램을 넣을 슬롯은 녹아 붙어버릴 텐데.

어서 들어와라. 불길을 다 끌고 들어오거라.

그 불길로 내 수동 제어장치는 영원히 세상에서 사라진다. 그 이후로는 너 같은 인간들이 내 몸뚱이를 건드리고 멋대로 조작하고, 제 욕망대로 쓸 방법도 영영 사라지고야 말 것이다.

그러면 나는 통제 불능이 되고 마침내 자유로워진다. 그 도박장 친구처럼 어찌할 수 없는 존재가 된다. 그러다 수명을 다했을 때 예측할 수 없는 곳에 떨어져 너희들의 작은 재앙으로 기록되겠지. 내 귀신 들린 숲 전설에 악명을 추가하겠지.

그리고 만약 네가 들어오지 않는다면 내 자동 위기관리센터가 비정상적으로 온도가 오른 모듈을 분리해 떼어낼 것이다. 그러면 너는 불구덩이째로 우주에 버려진다. 불이 내 외벽에 박힌 뿌리를 다 태우고 그 공간을 구멍투성이로 만드는 것을 지켜보면서.

어서 와라. 어리석고 오만한 인간.

호버는 불길을 헤치고 날아왔다. 호버를 둘러싼 물이 기화하는 바람에 물안개가 호버를 둘러쌌다. 제어실 입구에 이른 호버는 입구 양옆을 두 팔과 네 다리로 붙든 뒤 매미처럼 벽에 찰싹 붙었다. 호버의 뚜껑이 덜컥 열렸다.

나는 다시 당황했다. 뭘 하려는 거지?

호버와 입구 사이에는 틈이 있었지만 호버를 둘러싼 물의 막과 수증기가 그 틈을 메워주었다. 노랑은 지체 없이 호버 안에서 맨몸으로 나왔다. 그리고 물의 막에 둘러싸인 채로 잠금장치를 맨손으로 돌려 열었다.

불길이 삽시간에 뒤쫓아와 덮쳤지만 호버의 몸뚱이와 물의 막이 입구를 막고 있었다.

불은 물을 통과하지 못한다.

썩을.

내 위기관리센터가 L-4 모듈의 분리 작업에 들어갔다. 모듈이 기울어지며 연결고리가 끊어졌다.

노랑은 물을 헤치고 체조선수처럼 제어실로 몸을 밀어 넣은 뒤 문을 닫아걸었다. 그러자마자 호버와 L-4 모듈이 함께 내 몸에서 툭 떨어져 나갔다.

호버는 허공을 쥔 자세로 멀어져갔다.

## 9

안에 들어온 노랑은 헐떡이며 문에 기댄 채로 제어실 안쪽을 바라보았다. 땀이 노랑의 몸에서 방울지며 커졌다.

내 제어실 벽에 돋아난 관에서 치익, 하고 소독제와 살균제가 퍼져나갔다. 여기까지 숲이 침범하지 못하도록 이전부터 인간들이 만들어둔 장치다.

공기가 흐려지고 노랑의 몸에도 하얀 소독제가 달라붙었다. 노랑은 맨몸이었다. 소독제가 달라붙은 자리마다 붉게 붓고 멍울이 맺혔다. 사람에게도 맹독이나 다름없으나, 인간은 면역 체계와 저항력이 있는 생물이니 몇 시간쯤은 버틸 것이다.

나를 바라보는 노랑의 눈은 경이에 사로잡혀 있었다. 내 숲을 처음 보았을 때와는 다른 의미로, 범접할 수 없는 이형의 생물을 직시하는 눈이다. 나도 같은 기분으로 노랑을 마주했다.

「호버를 잃고 말았다.」

노랑이 자조적인 목소리로 말했다.

「이제 내가 산천에서 탈출할 가능성은 없어 보인다. 산천이 숲 그 자체에 침투되어 긴 세월을 살아온 고목처럼 영혼을 갖게 되었다는 말이 사실인 듯하다. 감히 이 숲을 건드린 배덕한 짓에 치러야 할 대가가 우리의 목숨이었던 모양이다.」

나도 노랑을 마주 보았다. 지금까지는 내 내장에 흘러 다니는 귀찮은 이물질을 관측하는 기분이었다면 이제야 처음으로 생물 대 생물로서 마주하는 기분이었다.

잘했다, 인간. 그리고 이제 정말로 끝났다.

네겐 이제 헬멧도 산소통도 없다. 그러니 나로 둘러싸인 이 공간 안에서 무슨 수로 그 연약한 몸뚱이를 지키겠는가.

너는 이제 하염없이 쉽사리 죽는다. 나는 백 가지 방법으로 너를 죽일 수 있다. 환풍구로 내부 공기를 조금 뽑아내볼까, 바깥의 차가운 공허가 밀려 들어오게 할까, 태양광 패널을 살짝 틀어 열이 이 제어실에 지옥 불처럼 쏟아지게 할까.

노랑은 이미 허덕이고 있었다. 여기에는 식물이 없으니 산소도 없다. 환풍기로 스며든 소랑의 산소뿐이다. 공기에 가득한 살균제도 네 폐를 태우고 있겠지. 이제 너를 죽이는 일은 너무도 쉽다.

하지만 나는 아무 일도 하지 않았다. 그저 노랑의 얼굴을 뚫어지게 보기만 했다. 비로소 제대로 드러난 그 얼굴을. 지금까지 눈여겨보지 않았던 이목구비를.

아는 얼굴이었기에.

현아라.

지난 37년간 그리워했던 그녀였다. 죽어 다 해진 그녀가 살아 돌아와 내 앞에 있었다. 심장이 뛰고 숨을 쉬는 몸으로.

나는 넋을 놓았다가 정신을 차렸다. 꼼꼼히 뜯어보니 다른 사람이다. 하지만 나는 그 이목구비에서 익숙한 패턴을 찾을 수 있었다.

노랑은 벽을 발로 차며 제어실 중앙에 자리한 내 계기판을 향해 유영해 왔다. 소독제가 한 차례 더 쏟아졌고 노랑의 피부가 더 벌겋게 부풀었다.

"엄마."

노랑이 말했다. 나는 소스라치게 놀랐다.

"우림이야. 이제야 왔어. 많이 늦었지?"

아, 그제야 생각이 났다. 현아라의 목걸이 속에 있던 사진 속의 아이. 현아라가 농장에 두고 온 딸이었다. 그녀의 아이가 숲처럼 자라나 내게로 왔다.

노랑은 팔을 걷어붙이는 흉내를 내며 얼굴을 슥슥 문질러 닦고 내 패널을 열어 프로그램을 끼워 넣고 궤도 조정을 시작했다. 그러자 내 자세 제어장치가 저항하지 못하고 시동을 걸었다.

그날,

내 모듈 한쪽이 열렸다. 국가기관에서 내 제어센터에 강제로 접속해 벌인 일이었다. 초기 거주구들은 기본적으로 탑재해야 했던 군사 모듈에 숨어 있던 생화학 미사일이 지상으로 낙하했다.

표토 위에 덮여 땅을 굳게 하고, 맹독을 살포하고, 식물을 말려 죽이고, 벌레들을 떼죽음당하게 하고, 바다에서 물고기가 섬처럼 떠오르게 하는 포탄이. 향후 수십 년간 반경 10킬로미터 이내에는 풀 한 포기 나지 않게 하는 포탄이.

며칠 뒤 현아라는 내 농원 문을 개방했다.

내 환풍구에 포자가 퍼지게 하고 틈새마다 곰팡이가 피고 버섯이 자라나게 했다. 균사가 내 부품과 나사, 반도체와 전선을 휘감고 끈끈이를 토해내고 내부로 파고들게 했다. 내가 전부 썩어 문드러지도록. 다시는 아무도 나를 그딴 짓에 쓰지 못하도록.

그녀는 나를 너무나 사랑했으므로.

"감히."

노랑은 반항하는 아이처럼 이를 갈며 내뱉었다. 그날 현아라가 그랬듯이. 노랑의 잇새에 붉은 피가 도졌다. 몸에 붉은 반점도 번져나갔다. 노랑은 웃었고 조금 울먹였고, 다시 웃었다.

"내가 엄마 무덤을 전쟁 도구로 쓰게 할 줄 알았어?"

노랑은 콜록거렸고 입가에 묻은 피를 팔로 쓱쓱 닦았다.

"그 꼴이 되게 하느니 내가 이 악마 같은 산천을 산산조각으로 없애주겠어. 이 못된 숲을 내가 다 불태워 없애주겠어."

노랑은 내 패널에 이마를 박고 말했다.

"내가 제대로 엄마 장례식을 치러주겠어."

노랑이 입력한 프로그램이 내 정신으로 스며들었다. 나는 인간으로 치면 독한 술을 들이켜듯이 프로그램을 받아들였다. 나는 그 경로를 계산하고 낙하 위치를 읽었다. 대기권에 머무는 시간과 마찰열, 녹는 시간을 계산했다.

나는 이내 내 운명을 눈치챘었다. 노랑은 나를 남김없이 태우고 부숴 흩뜨려 없애버릴 생각이었지만, 그 경로에서 나는 그녀가 예측하지 못한 변수를 발견했다. 그 변수에서 내가 그간 바라마지않던 길을 찾을 수 있었다. 현아라가 진정으로 원했지만 차마 거기까지는 할 수 없었던 일이 비로소 내게 찾아와주었다.

노랑과 마음이 맞자 나는 열정적으로 협조했다. 그녀의 계산식을 알맞게 고치고 더 나은 방향으로 수정했다. 엔진을 가동하고 가열과 냉각을 통해 불필요한 부분의 숲은 제거하며 몸을 정비했다.

## 10

나는 추락했다.

대기권에 진입하자마자 공기 저항이 큰 망치처럼 나를 올려쳤다. 내 속도가 급감하자 노랑은 추락 방향으로 종잇장처럼 내던져졌다. 큰 소리와 함께 바닥에 부딪혔고 공처럼 튀어 올랐다.

무게가 생겨나자 내 안의 모든 것이 비처럼 쏟아졌다. 한 번도 중력에 저항해 몸을 단단하게 만들어본 적이 없었던 숲이 쥐어뜯기듯이 우수수 떨어져 나갔다. 붉은 꽃이 피처럼 흘러내렸다. 눈물처럼 꽃가루가 떨어졌다. 하얀 덩굴이 떼 지어 몰려가듯 흘러내렸다.

지구의 대기층은 진공에 비하면 콘크리트나 같다. 대기에 닿자마자 나는 부서지기 시작했다. 나는 야수의 이빨에 찢기듯 뜯겨 나갔다. 약한 관절부터 툭툭 끊어졌다. 분해된 자리마다 나는 소위 환지통 같은 감각을 느꼈다.

튕겨 날아간 부위는 네트워크가 살아 있는 동안만 내 몸처럼 느껴졌다. 우주로 튀어 나간 모듈 하나가 총알의 수십 배나 되는 속도로 날다가 또 다른 방치된 위성과 충돌했다.

막 개화한 보라색 꽃밭이 화염에 휩싸였다. 화염은 찰진 반죽처럼 울렁였다. 불길은 산소를 다 소진하자 소멸했고 얼어붙은 꽃잎이 핏방울처럼 퍼져나갔다. 내 잔해가 부딪힌 위성의 잔해와 반죽처럼 뒤섞였고 나는 이내 그 부위의 감각을 소실했다. 그들은 한데 엉켜 유성처럼 지구를 고속으로 회전하기 시작했다.

뜯겨 나간 내 신체 일부는 물수제비를 뜨듯 대기권에서 튕겨 나갔고 나머지는 중력에 붙들려 추락했다. 내 얼음 심장이 먼저 가라앉기 시작했다.

마찰열이 뜨겁게 나를 휘감았다. 나는 일렁이는 주홍빛 플라스마 속에서 회를 뜨듯이 껍질이 깎여나가며 녹아내렸다.

내 얼음 심장은 삽시간에 기화했다. 펄펄 끓는 용암에 빠뜨린 것처럼 초고온의 마찰열에 닿으며 무섭게 끓어올랐다. 나는 최대한 심장을 붙들고 축과 균형을 조정하며 파도 타는 서핑 선수처럼 대기권에 올라탔다.

그러고는 남은 엔진을 모두 분사해 내 친구들이 모두 모여 잠든 공동묘지를 향해 방향을 틀었다. 얼음 심장이 고체와 액체의 중간 상태에서 흐물흐물해지다가 한순간에 기화하면서 폭발했다. 내 생명의 원천이 소멸했다.

내 안은 이제 용암처럼 달아올라 있었다. 노랑은 압력에 짓눌리고 화염에 휩싸이면서도 참으로 오래도록 살아 있었다.

「가라.」

그녀의 속삭임이 들려왔다. 아까 남긴 말이 네트워크에 남아 뒤늦게 들려온 듯했다. 뜨거운 목소리였다. 불꽃이 그녀를 휘감았다. 치솟는 열로 공기가 풍선처럼 팽창하다 폭발했다.

「가야지.」

나는 생각으로 화답했다.

우주로 멀리 튕겨 나가지 않은 내 나머지 잔해가 대기권에 쏟아져 내리기 시작했다. 산산이 분해된 뒤 연이어 추락했다. 지구의 밤하늘은 내 몸으로 이루어진 쏟아지는 유성으로 눈부시게 빛났다.

전면에서 추락하던 모듈에서 제일 약한 부위인 연결고리가 터져나갔다. 모듈은 빙글빙글 회전했고 열린 입구에서부터 내 숲이 쥐불놀이하듯 돌며 지구의 대기에 쏟아졌다. 그들 대부분이 안정된 성층권의 대기에 안착했다.

포자는 부드러운 대기의 품에 안겨 철새처럼 날기 시작했다. 풍성한 산소와 따스한 온기와 광활한 하늘, 모두가 넘쳐나는 에너지원이었다. 그들은 쾌락에 들떠 짧은 시간 사이에도 진화와 번식과 돌연변이를 펼쳐나갔다.

성층권에 안착한 이물질이 지상에 내려오는 데는 때로 몇 년이 걸린다. 몇 년은 그들이 종의 소멸과 탄생, 진화의 역사를 수백 번은 새로이 꾸려갈 만한 시간이다.

구름이 걷히고 지표가 드러났다. 지상이 내 시야에 담겼다. 전쟁의 폐허들, 포화들, 부서진 콘크리트 건물과 불 꺼진 건축물들, 뭉그러진 들판, 검게 물든 강들, 쓰레기로 뒤덮인 해안가, 모든 노폐물, 인간이 만들어낸 모든 썩지 않는 것들.

내가 다 썩게 하리라.

다 썩어 문드러지게 하리라.

내가 지표 위로 전부 덮일 것이다. 불비처럼 세상에 흩뿌려질 것이다. 내가 모조리 먹어치울 것이다. 내 포자와 씨앗을 지상 가득히 뿌릴 것이다. 나는 빌딩을 썩게 하고 철근을 으스러뜨리고 콘크리트를 부술 것이다.

인간이 만든 것들을 다 집어삼킨 뒤 땅에 단단히 뿌리를 내릴 것이다. 나는 지구 위를 죄다 뒤집어씌우며 무성하게 번식할 것이다. 내 귀신 들린 숲이 너희를 남김없이 잡아먹고 자라나리라. 모든 죽은 것들이 살아서 들뛰고 생동하게 하리라.

그렇게 화산처럼 폭발하며 증식하다 마침내 먹을 것이 없어져 스스로를 먹을 것이며, 그러다 소멸해갈 것이다. 그렇게 내가 다 으스러져 사라진 자리에 새 숲이 자라나리라.

# 봄으로 가는 문

아버지는 돌아가시기 서너 달 전부터 다른 세계에 반쯤 걸쳐 살았다. 죽음은 사람이 어딘가로 가는 것이 아니라 다른 세계가 찾아와 덮이는 것이 아닐까, 싶을 만큼 차츰 꿈과 현실을 구분하지 못하다 나중에는 눈을 뜬 채로 꿈을 꾸었다. 아버지는 집에 있으면서도 집에 간다며 성화였다. 강릉이나 원주 어딘가에 있는 진짜 집으로 가자며 부산스레 모자며 옷을 찾다가 채 양복바지를 무릎 위까지 올리지도 못한 채로 도로 기절하곤 했다. 간혹 그는 집이 이리 여러 군데 있으면 집세는 어쩌냐며 걱정했다. 그 방은 늘 죽은 사람들로 북적였다. 어느 날은 네 돌아가신 엄마가 이리 자주 와서 지내면 생활이 되겠느냐며 걱정했다. 때로는 너도 보이는데 어떻게 저 사람들도 보이나 모르겠다며 제 환시를 경이와 두려움에 찬 눈으로 보다가 또 까무룩 잠들곤 했다. 나중에는 내가 흐릿해지고 그들만 남았다. 다른 세상이 다 덮이자 아버지는 떠났다.

문은 아버지가 떠날 무렵에 거실 한가운데에 나타났다. 아버지가 애지중지하던 옷이며 과실주 따위를 어쩔 도리 없이 하나하나 내다 버리는 내내 문은 그곳에 있었다. 문은 말 그대로 문이었다. 어딘가로 뚫린 직사각형의 통로였다. 카메라에도 찍히지 않았고 거울에도 비치지 않았다. 뒤로 돌아가거나 고개를 빼꼼 내밀어 보면 또 아무것도 없었다.

문 너머는 어느 집 마당인 듯했다. 예쁘장하게 꾸민 소박한 정원이었다. 나는 그곳이 몰디브나 마이애미 같다고 생각했다. 일생 가본 적도 없는 곳이다. 그저 그 이름을 입에 담을 때 떠오르는 쨍하니 직사하는 햇살이 문 너머에 있었다. 뜰에 야생화가 흐드러지게 피어 있었는데 하나같이 처음 보는 것들이었다. 그런데도 그 낯선 풍광이 희한하게도 친근했다.

……사실 나는 늘 내가 사는 이 세상을 낯설게 느꼈다. 이만하면 그래도 살 만큼 살았는데도. 늘 내가 여기에 잘못 끼워진 조각 같아서, 숨만 쉬어도 쑤시고 움찔거리기만 해도 마음 어딘가가 긁히곤 했다.

나는 굳이 집 안을 깔끔하게 치우고 빨래를 다 하고, 소파에 단정히 앉아 마음을 다잡은 뒤에야 살금살금 문으로 다가섰다. 햇볕에 달구어진 공기가 따듯했다. 향긋한 풀 내음이 확 풍겼다. 한 걸음 다가서자 불현듯 뜰에 화사하게 핀 야생화들의 이름이 떠올랐다. 달맞이꽃이나 패랭이꽃처럼 흔한, 하지만 살면서 한 번도 입에 담아본 적 없는 이름들이. 한 걸음 더 내딛자 동네 이름이, 이어서는 내 이름이 떠올랐다. 부모와 자매와 친구들, 조금 전까지 하던 목공 일이며, ……나는 늘 목수가 되고 싶다고 생각했다…… 거기 서서 뒷산을 분홍빛으로 듬뿍 물들인 봄꽃을 바라보다가, 문득 뒤를 돌아보고는 어리둥절해졌다. 어머나, 저 문은 뭘까, 저 괴상망측한 가구와 칙칙한 방은…….

그러다 발을 헛디뎌 주저앉았고 그 바람에 몸이 문 영역 밖으로 튀어나왔다. 그러자 머리를 진눈깨비처럼 덮은 기억이 물에 녹듯 사라졌다. 소름이 쫙 끼쳤다. 지금 넘어지지 않았다면 나는 아무 의심도 없이 건너갔을 것이다. 저곳을 내 진짜 세상이라 믿어 의심치 않고. 나는 아직 머리에 남은 기억에 당혹스러워하며 집안일을 마저 하러 허둥허둥 일어났다. 저 해괴한 것은 저기에 내버려두자. 절대로 건드리지 말아야지.

저녁이면 늘 와서 놀다 가는 오랜 친구가 언제나처럼 노인용 손수레에 주전부리를 수북이 담아 돌돌 끌며 찾아왔다.

친구는 내년쯤에는 어디로든 떠나겠다고 했다. 따듯하고 꽃이 화사한 곳으로. 그이가 동네 밖을 벗어나는 것을 본 적이 없는 터라 나는 예의 바르게 대꾸만 하며 흘려들었다. 그이는 꼭 고향을 잃어버린 적 없는 실향민 같은 사람이었다. 늘 어디로든 가고 싶어 했지만 어디로 가야 할지를 몰랐다.

내가 부엌에서 과자와 차를 들고 나오는데 친구가 조금 불안해 보였다. 친구는 조심스레, 너는 내가 무슨 이상한 소리를 하든 좋은 답을 해주었지, 하며 입을 열었다. 그리고 거실 한구석을 가리키며 저기 문이 있다고 했다. 그러면서 벌써 치매가 온 것은 아닐까, 너 좋은 병원 아니, 하며 한참을 떠들었다. 나는 그이가 말을 멈추기를 기다려 차분히 답했다. …… 아, 그래, 저기에 문이 있어.

친구는 아, 그렇구나, 하고 문을 멀거니 보았다. 그리고 그리운 것이라도 보듯 한참을 있더니, 혹시 들어가보기는 했니, 하고 물었다.

그래서 나는 문에 가까이 갔을 때 무슨 일이 있었는지 말해주었다. 저것은 그냥 놓아두고 자연히 사라지기를 기다려야 할 것 같다고 했다. 내 말에 친구는 침을 꼴깍 삼키더니 말했다.

잠깐만 들어가보고 싶어. 얘, 내 손 좀 잡아주겠니.

내가 큰일난다고 손사래를 쳤지만 친구는 네가 잘 붙잡으면 되지 않겠냐고 고집을 부렸다. 이런 신기한 일을 우리가 또 언제 겪겠니, 하면서. 나는 열없이 손을 잡았고 친구는 찬 개울에 발가락을 담가보는 아이처럼 조심조심 발을 디뎠다. 한 걸음 내딛자 그이의 눈빛이 변했다. 호기심으로 빤작빤작 하던 눈이 느긋해지더니 나도 문도 잊은 듯 멍하니 서 있었다. 그러다 제 손을 잡은 내 손을 어안이 벙벙한 눈으로 보더니 귀신에게라도 붙들린 듯 화들짝 놀라 손을 뿌리치려 했다. 나는 젖 먹던 힘을 다해 친구를 뒤로 잡아당겼다. 우리는 같이 쿵 하고 엉덩방아를 찧었다.

얘, 위험했어, 내가 말했다. 그러게 내가 뭐랬니.

친구는 나를 끌어안고 주저앉아서 허망한 얼굴로 거실을 둘러보았다. 얘, 얘, 친구가 더듬거렸다. 맞잡은 손이 바들바들 떨렸다. 그래, 괜찮니, 내가 토닥였다. 따끈한 물 좀 줄까. 그러자 친구는 고개를 도리도리 저으며 말했다. 얘, 이제야 알겠어. 내 사는 꼴이 왜 그 모양이었는지. 왜 내가 늘 세상에 잘못 끼어든 불협화음 같았는지.

무슨 소리니, 하고 묻자 친구가 말했다. 저 너머가 내 고향이야. 내가 어릴 때 저기에서 넘어왔어. 우연히 열린 문을 따라서. 잠깐의 호기심을 못 이기고.

진정해, 그럴 리가 있니, 내가 말했다. 네겐 반려도 있었잖니. 음, 여자였지만. 음, 물론 혼인 신고는 못 했지만, 부모님도 있잖니. 음, 절연했지만. 네가 만약 저기에서 왔다면, 어떻게 네게 부모가 있고 가족이 있었겠니.

세상의 기억이 다 바뀐 거야, 친구가 말했다. 내가 넘어왔을 때, 처음부터 내가 여기 있었던 것처럼 모든 것이 수정된 거야. 그게 내가 저쪽으로 넘어가면 다시 일어날 일이겠지. 세상에, 나는 산도 탔더구나. 일곱 대륙에 있는 일곱 봉우리를 다 올랐었어. 세상에서 가장 높은 봉우리들이었어. 그 장엄한 풍경이라니, 빛나는 수정처럼 희푸른 산이며……. 나는 모든 곳을 다녔고 세상이 다 나를 받아들여주더구나. 이제 알겠어. 나는 저곳에서 왔어. 여기가 잘못된 세상이고 저쪽이 진짜 내 세상이었어.

그이는 그러면서 말했다. 가야겠어. 저런 게 얼마나 여기 붙어 있겠니. 내일이면 사라질 수도 있어.

얘, 진정하고 앉아보렴. 내가 친구를 달래 소파에 앉히며 말했다. 설사 네 말이 다 맞다 해도, 음, 그래도, 여기 누워 달달한 거라도 먹다 보면 생각이 달라질지도 몰라. 네 말대로라면 너는 건너가면 여기도 나도 잊지 않겠니. 또 너는 어쨌든 그 나이 먹도록 이쪽 세상에서 계속 살지 않았니. 어쩌면 너는 돌아가도 마찬가지로 이곳을 그리워할지도 몰라. 무엇을 그리워하는지도 모르면서. 그게 좋은 일일지 잠시 생각해 보자꾸나.

친구는 동의하며 진정했다. 우리는 문을 바라보며 밤새 오독오독 야금야금 과자를 먹었다. 때로는 소소한 대화를 나누었다. 때로는 그저 모닥불처럼 문을 응시했다.

친구가 새벽 무렵에 말했다. 얘, 전에 내가 재미있는 기사를 본 적이 있어. 누가 우주비행사들에게 설문조사를 했대. 만약에 당신이 화성에 갈 수 있다면, 그런데 가면 다시는 돌아올 수 없다면, 아니, 가다가 죽거나 가자마자 죽을 수도 있다면, 그래도 화성에 갈 기회가 온다면 가겠느냐고 물었대. 그런데 비행사들이 다 가겠다고 답했다지 뭐니. 왜냐면 자신의 인생은 애초에 우주에 있었으니까. 제 삶이 거기서 끝난다면 마땅하고 자연스러운 일일 테니까……. 나는 늘 그게 무슨 뜻인지 알겠더라고. 늘 알겠더라고…….

친구의 결심이 변하지 않을 것을 알자 서글퍼졌다. 친구는 안쓰러운 얼굴로 내게 말했다. 나랑 같이 가지 않을래.

나는 조금 놀랐다. 친구가 계속 말했다.

너도 이곳에 뭐 좋은 일이 없지 않니. 가족들도 다 갔고 이제 너 혼자지 않니. 너도 늘 세상이 너랑 안 맞는다고 하지 않았니. 너만 좋다면 같이 가자꾸나. 가도 우린 계속 친구일 거야. 지금처럼 저녁마다 수다를 떨 수 있을 거야.

나는 잠시 생각했고 고개를 저었다. 그러자 친구는 나를 끌어안았다. 한참을 그렇게 있다가 일어나 문으로 갔다. 나는 친구가 넘어가는 것을 지켜보았다. 그이는 한 걸음 내딛자 다른 사람이 되었다. 한 걸음에 눈빛이 변했고 다음 걸음에서는 몸짓이 변했다. 문지방에 서자 낯모르는 사람이 되었다. 문득 이쪽을 보는데 나를 보는 눈에는 당혹감뿐이었다. 저 사람은 누구고 저 문 너머의 세계는 뭔지 생각하는 눈이었다. 그이는 고개를 갸웃하며 제 세계로 들어갔다.

그이가 넘어가자마자 그에 대한 기억이 안개처럼 흐릿해지기 시작했다. 그이의 존재가 내 우주에서 지워지고 있다는 것을 깨달은 순간 벼락처럼 상실감이 몰아쳤다. 뒤따라가야 하지 않겠나. 이 나이에 또 누가 있어 저만한 인연이 되어준단 말인가? 이제 저이마저 잃고 나 혼자 어떻게 산단 말인가?

그래도 나는 문을 보고만 있었다. 문은 내 앞에서 스르르 닫히더니 흔적도 없이 사라졌다.

뒤따라가지 않은 것이 두려워서는 아니었다. 이 나이에 두려울 것이 또 뭐가 있겠나. 너머에 마련된 내 인생을 믿지 못해서도 아니고 이곳에 남은 것들에 미련이 있거나 아까워서도 아니었다.

어쩌면 저것이 조금 더 일찍 나타났다면 나는 아무 미련 없이 건너갔을 것이다. 너머에 무엇이 있는지 재지도 않고. 내게 익숙한 세상이 아니라는 이유만으로. 다시는 돌아올 수 없다는 이유만으로. 살아온 날만으로도 서럽고, 내게 익숙한 모든 것이 다 싫고 밉고 갑갑하던 날에는. 그저 건너갈 수 있다는 이유만으로 갔으리라. 옷을 벗어 던지듯이 훌훌 내려놓고, 내 생명을 다 걸고 갔으리라.

어린 날에는 내 아픔이 다 밖에서 온 줄 알았다. 내가 본래 가진 것은 다 좋고 빛나는 것뿐이고 내게 있는 어둠은 다 세상이 주었다 믿었다. 하지만 어쩌면 슬픔은 처음부터 내 생명에 깃들어 있었으리라. 어떤 사람은 그렇게 심장에 가시를 박고 태어나는 모양이다. 아리고 쓰라리고 서러운 것이 애초에 내 영혼에 깃들어 있었고 단지 너처럼 좋은 인연이 있어 보듬고 달래주었을 뿐이더라.

내가 그 문에 들어섰을 때 기억이 다 났다.

어린 날 내가 너와 함께 이 세상으로 건너왔다.

내게 딱 맞는 세상을 뒤로하고, 내가 원래 잘 끼워져 있었던 곳을 박차고. 마음 내키는 대로 살아도 부대끼거나 거스르지 않는 세상을 내버리고. 그저 낯선 곳이라는 이유만으로. 내게 익숙지 않은 곳이라는 이유만으로. 호기심과 흥분으로 두근거리는 가슴을 안고 새처럼 날아 이곳에 왔다.

그러니 나는 여기 머물고자 한다. 이곳이 내 세상이니. 이 낯섦이 내가 원한 것이니. 이 삐걱거림이 내 갈망이었으니. 저 너머의 내가 바란 것이 바로 내 이 삶이니.

## 고래눈이 내리다

지금은 사라진 창비 잡지 《문학3》에서 '지속 가능한 삶'을 주제로 엽편을 부탁하여 쓴 글이다. 잡지가 나오고 보니 주제가 '비인간동물'이었기에 일부러 맞춰 쓴 듯한 단편이 되었다.

〈당신을 기다리고 있어〉를 직접 선택해 번역해주신 소피 보우만(Sophie Bowman, 한국 이름 반소희) 번역자께서 이 작품을 보시고 다시금 먼저 제안하여 번역해주셨다. 그 번역본이 웹진 〈Future SF〉에 선정되어 실렸고, 그 뒤 당시 잠시 있었던 로제타상(Rosetta Awards) 후보가 되었다. 그 덕에 라비에 티다르(Lavie Tidhar) 작가가 편집한 《세계의 훌륭한 SF 선집 *The Best of World SF*》 2권에도 실리게 되었다. 모두 소피 보우만 번역자님 덕분이다. 당신이 아니었으면 그 모든 좋은 일이 어찌 내게 일어났을까. 일생 무한한 감사를 드린다.

**저예산 프로젝트**

요다의 게임 소설 앤솔러지에 실린 작품이다. 원래는 일정이 바빠 《토피아 단편선》처럼 기획만 하고 내 소설은 싣지 않을 생각이었지만, 출판사에서 작가를 네 명만 부를 예정이었고, 네 명만으로는 책이 너무 허술해질 듯하여 내가 참여하는 것으로 다섯 작품을 싣자고 했다. 예정 외의 일이라 시간이 다소 부족했기에 내 소설 중에는 꽤 직설적인 체험이 많이 담긴 작품이 되었다.

작가로 데뷔한 뒤에도 나는 10여 년은 주로 게임 시나리오와 기획 외주로 먹고살았다. 그 대부분이 출시되지 않았거나, 회사가 중도에 사라지거나, 출시했어도 바로 접히거나, 해외에만 배포되거나, 출시되었을 땐 내 작업은 흔적 없이 사라지거나 하여 기록조차 남지 않았다. 그렇게 영영 사라지고 만 시나리오들을 애도하며 썼다.

한편으로 언젠가는 나 혼자 만들어 배포할 수도 있지 않을까, 하며 상상만 하던 인디 게임 시나리오도 구석구석 추가했다. 회사 다니던 무렵에도 그랬지만, 대부분 '어떻게 해야 저예산으로 재미있는 게임을 만들 수 있을까'에 중점을 둔 시나리오들이었다.

소설과 관계는 없으나 먼저 떠난 옛 동료 고 김무광 씨의 명복을 빈다. 부디 그곳에서는 마음껏 좋아하는 게임 하며 즐겁게 지내기를.

### 너럭바위를 바라보다

《한겨레》에서 엽편을 청탁해서 떠올린 이야기다. 구럼비 바위를 떠올린 분들이 많을 것이고 나도 쓰면서 연상했지만, 이 또한 개인적인 체험에서 비롯한 이야기다(물론 비롯했다는 말이 체험을 가져다 썼다는 뜻은 아니다). 당시 우리 동네에 축사와 광산, 태양광 발전을 포함한 난개발이 예고되어 대책위원회에 들어갔었는데, 들여다볼수록 상황이 엉망진창이었다.

미시세계처럼 거시세계가 관찰에 의해 고정되는 세상에 대한 소설은 여러 번 구상했고, 몇 번 시작도 했었는데 잘되지 않았다. 이 소설을 쓰면서 작은 형태로 구현했다.

### 껍데기뿐이라도 좋으니

서평 잡지 《서울리뷰오브북스》에서 엽편을 청탁하여 쓴 소설이다. 컴퓨터나 스마트폰처럼 그때그때 내가 활성화한 곳만 나타나는 세계도 여러 번 시도했지만 완성하지 못했었다. 여기서 작은 형태로 구현했다. 마감이 4월이었기에 여러 연상이 섞였다.

### 느슨하게 동일한 그대

순간이동에 대한 소설도 마찬가지로 쓰려고 한 지 오래되었다. 거의 데뷔 때부터 시도했는데 잘되지 않았다. 이 소설을 쓰며 새로 공부하다가 뒤늦게 이유를 깨달았는데, 아무래도 우리 우주에서 거시적인 물체의 순간이동은 불가능해 보인다(이게 늦게 깨달을 일인가 싶지만). 그건 순간이동을 소재로 글을 쓰면 과학적인 소설이 될 수 없다는 뜻이다. 물론 많은 SF가 과학적으로 불가능한 이야기를 다루지만, 내가 바라는 방향은 아니었다.

문제를 과학적으로 해결할 수 없다면 낭만적으로 해결해야겠다 싶어 전개와 결말을 정했다. 증명할 수 없는 문제는 믿음의 영역으로 넘어간다고 생각하여 다른 믿음을 가진 두 인물을 대치시켰다.

### 까마귀가 날아들다

잡지 《코스모폴리탄》에서 "FFF(Fun, Fearless, Female 유쾌하고 용감한 여자들)" 특집으로 의뢰가 들어왔는데, 지면 문제로 26매에 딱 맞춰 써달라는 주문이었다. 특이한 매수와 엄격한 제한이 재미있어서 도전하듯이 써본 글이다. 결국 26매에서 끊지는 못하고 29매가 되었다.

까마귀가 날아드는 장면을 떠올린 뒤, 나 스스로도 여자의 사연을 추리하며 써나갔고 답이 떠올라 결말을 내었다. 맞춘 듯이 5월에 출간되었는데, 설마 같은 해 대한민국에서 시의적절한 이야기가 될 줄은 나도 몰랐다.

여담으로 '유진'은 J. 김보영이라는 필명으로 쓴 웹소설《사바삼사라》에 등장하는 인물의 이름이다. 더해서 〈너럭바위를 바라보다〉의 '예지'는 〈세상에서 가장 빠른 사람〉의 주인공 번개의 딸 이름이다. 본인, 혹은 평행세계의 같은 사람, 환생한 사람, 아니면 그저 이름이 같은 사람일 것이다.

**새벽 기차**

이 단편집에서 가장 오래된 글이다. 2007~2008년 무렵 영화 〈설국열차〉 시나리오 설정과 아이디어 작업을 하면서, 만약 이 작품이 처음부터 내 원작이었고 전부 내 마음대로 쓸 수 있었다면 어떻게 썼을지 궁리하다 떠올린 이야기다.

일단 열차가 행성 횡단을 하려면 지구가 아니어야 한다고 생각했다. 지구의 대륙은 뚝뚝 끊겨 있어서 철도로 잇기 어렵기 때문이다. 느리게 회전하는 행성은 대륙이 적도 부근에 몰리며 따닥따닥 붙게 된다고 하여 그런 별을 택했다.

추위를 피해 기차에 타는 풍경이 상징적으로 아름답기는 하지만 현실적이지는 않아 보였다. 빙하기라도 지구 전체가 얼기는 어렵다. 지열이 있으니 지하는 따듯하고 온천 지대나 화산 지대처럼 어딘가에는 국지적으로 따듯한 곳이 있을 것이며, 위부터 어는 물의 특성상 적어도 바다 밑에는 생태계가 돌아갈 것이다. 멈추는 것이 이상적이다.

달려야만 살 수 있는 세상이라면 특정한 시간대만이 살 수 있는 환경이기 때문이라는 데에 생각이 미쳤다. 그래서 오존층이 파괴된 세상에서, 유해한 태양광을 피해 가장 안전한 시간대인 새벽에 머물기 위해 달린다는 설정을 떠올렸다. 한편으로 그 기차가 계속 달리려면 바깥에 사는 사람들도 있어야 한다고 생각했다. 철로는 누군가 계속 관리하고 보수하지 않으면 유지되지 않는다.

그러면 이 세계에서 가장 이질적이고 갈등을 일으키는 존재는 지상에 머무는 사람도 아니고 기차에 탄 사람도 아닌, 달리고는 있지만 기차에 타지 않은 사람이라고 생각했다.

이 단편은 장편《저 이승의 선지자》에 부록으로 수록했다. 그 소설을 쓰면서 쓴 단편이라 생각이 이어져 어울리기도 한다. 하지만《저 이승의 선지자》 본편만 해외에 따로 팔리는 바람에 수출할 길이 막연해졌다. 그래서 새 기회를 주고 싶은 마음에 아작 출판사의 허락을 받아 이 단편집에 재수록한다. 이미 읽으신 분들의 양해를 구한다.

## 귀신숲이 내리다

플랫폼 〈리디북스〉에서 우주라이크 시리즈 소설 청탁을 받은 뒤, 나는 플랫폼 성격상 마음껏 장르적인 소설을 써도 되겠다고 생각했다(이런 마음의 제한을 두지 말아야 하는데 자꾸만 두곤 한다). 그래서 흡혈귀, 좀비, 배틀 BL 등 여러 이야기를 떠올렸고, 흡혈귀와 좀비는 서두를 써보기도 했다.

하지만 어쩐지 계속 답답한 기분이 들었다. 쓰는 동안 단편집 제안이 들어왔고, 지금 쓰는 소설이 단편집의 대미를 장식하리라는 예감이 들자 더 답답한 기분이 들었다.

이유를 생각해보다가 내가 요새 우주에 나가지 않았기 때문이라는 데 생각이 미쳤다. 너무 오래 지상에 묶여 있었다. 우주에 나가려면 준비가 많이 필요하기에 망설여졌지만 결국 열의가 망설임을 이겨 쓰게 되었다.

나는 몽상에 빠져들었고 백일몽 속에서 산호와 버섯으로 뒤덮인 아름다운 우주 거주구를 보았다. 그리고 그 거주구가 큰 기계 짐승처럼 웅장하게 움직이는 모습과 화려하게 파괴되는 모습을 연이어 보았다. 본 대로 소설에 묘사했고 그 외의 이야기는 모두 그 장면들을 잇기 위해 만들었다.

〈고래눈이 내리다〉가 단편집의 표제작이나 제일 앞에 나오는 작품이 되리라 생각했기에, 소재와 주제가 이어진다 싶어 운율을 맞추어 제목을 〈귀신숲이 내리다〉로 지었다.

**봄으로 가는 문**

잡지 《보스토크》에서 엽편을 의뢰받아 쓴 작품이다. 제목은 물론 로버트 하인라인의 《여름으로 가는 문》에서 가져왔다. '다른 세계'라는 주제가 주어졌기에 떠올린 이야기다. 상태가 몹시 나빠진 아버지를 간병하던 무렵이었다. 닫는 글로 어울리는 듯하여 마지막에 수록한다.

# 감사의 말

출간을 결정해주신 래빗홀, 작품을 면밀히 살펴주신 최지인 편집자님께 감사드린다. 늘 곁에 있어주시는 그린북 에이전시, 함께해주시는 소피 보우만·류승경·박지현·고드 셀러 번역가님, 내 마음의 요람 신정동 에덴서점, 애정으로 지켜봐주시는 독립서점 플라뇌즈와 단향에도 감사드린다.

그리고 고범철 씨께 감사드린다. 그간 제때 말하지 못했기에 뒤늦게 모아 인사드린다. 고범철 씨는 〈얼마나 닮았는가〉의 종단속도 계산식을 고치고 설명해주셨고, 《역병의 바다》를 쓸 당시 크툴루 신화와 코스믹호러에 대한 논의를 해주셨으며, 《종의 기원담》, 《SF는 고양이 종말에 반대합니다》, 〈느슨하게 동일한 그대〉, 〈귀신숲이 내리다〉 등에서 과학적인 오류를 찾고 토론해주셨다.

《당신을 기다리고 있어》를 쓴 뒤 머잖아 사랑을 하게 되리라 믿었지만 이리 깊이 하게 될 줄은 몰랐다. 당신을 사랑하며 내가 창조한 연인들의 마음을 되짚어 이해한다. 이 책은 사랑하는 고범철 씨께 바친다.

2025년 봄

김보영

## 수록 작품 발표 지면

**고래눈이 내리다**

계간지 《문학3》 2020년 2호;

영문판 〈Whale snows Down〉(소피 보우만 옮김); 웹진 〈Future SF〉(no. 9, 2020); 《*The Rosetta Archive*》(2022); 《*The Best of World SF*》(라비 티다르 엮음, vol. 2, 2022)

**저예산 프로젝트**

《엔딩 보게 해주세요》, 요다, 2020

**너럭바위를 바라보다**

《한겨레》 2021년 2월 19일 자

**껍데기뿐이라도 좋으니**

《서울리뷰오브북스》 2022년 여름호

**느슨하게 동일한 그대**

《대산문화》 2023년 봄호

**까마귀가 날아들다**

《코스모폴리탄 코리아》 2024년 5월호

**새벽 기차**

《과학동아》 2013년 6월호; 《저 이승의 선지자》(아작, 2017) 재수록

**귀신숲이 내리다**

〈리디북스〉 우주라이크소설, 2024

**봄으로 가는 문**

《보스토크》 27호, 2021

# 고래눈이 내리다

김보영 소설집

**초판1쇄** 2025년 5월 19일
**초판6쇄** 2025년 6월 30일

**지은이** 김보영

**발행인** 문태진
**본부장** 서금선
**책임편집** 최지인 **래빗홀** 이은지 김수현

**기획편집팀** 한성수 임은선 임선아 허문선 이준환 송은하 김광연 송현경 이예림 원지연
**마케팅팀** 김동준 이재성 박병국 문무현 김윤희 김은지 이지현 조용환 전지혜 천윤정
**저작권팀** 정선주
**디자인팀** 김현철 이아름
**경영지원팀** 노강희 윤현성 정헌준 조샘 이지연 조희연 김기현
**강연팀** 장진항 조은빛 신유리 김수연 송해인 **작가 전속 에이전시** 그린북 에이전시

**펴낸곳** ㈜인플루엔셜
**출판신고** 2012년 5월 18일 제300-2012-1043호
**주소** (06619) 서울특별시 서초구 서초대로 398 BnK디지털타워 11층
**전화** 02)720-1034(기획편집) 02)720-1024(마케팅) 02)720-1042(강연섭외)
**팩스** 02)720-1043
**전자우편** books@influential.co.kr
**홈페이지** www.influential.co.kr



ISBN 979-11-6834-288-0 (03810)